圆月
与枯荷

泉子 著

泉 子

浙江淳安人。著有诗集《雨夜的写作》《与一只鸟分享的时辰》《秘密规则的执行者》《杂事诗》《湖山集》《空无的蜜》《青山从未如此饱满》《山水与人世》、诗学笔记《诗之思》、诗画对话录《从两个世界爱一个女人》《雨淋墙头月移壁》,作品被翻译成英、法、西班牙、韩、日等多种语言,曾获艾青诗歌奖、刘丽安诗歌奖、储吉旺文学奖、苏轼诗歌奖、十月诗歌奖、西部文学奖等,现居杭州。

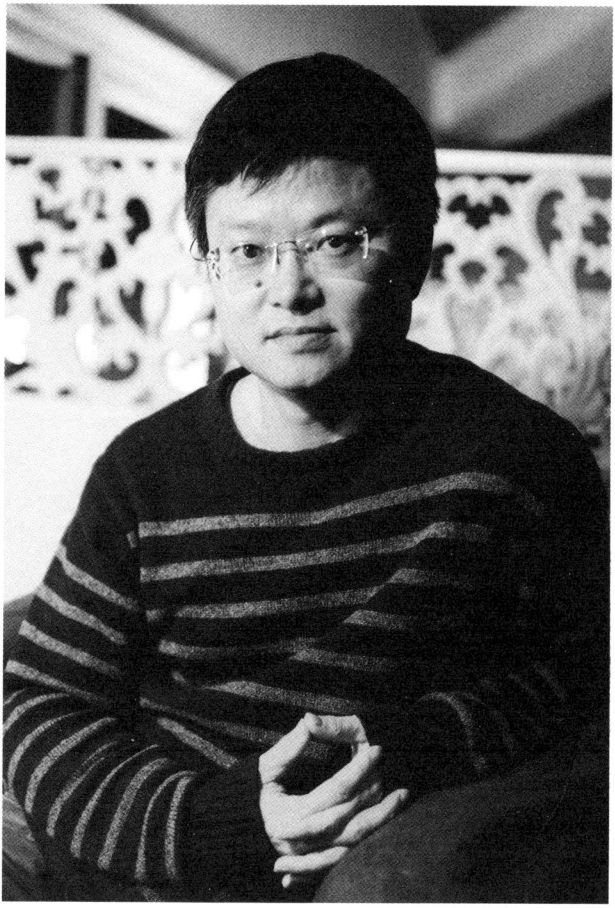

寂寥与悲悯
——在圆月与枯荷之间

高世名

> 永恒的西子湖，/不朽的你我、圆月/与枯荷。

泉子的新诗集以"圆月与枯荷"为名，幽景之中，时空交织；静谧之处，寂寥渐升。此处的寂寥，既演绎着命运纠葛的一己悲欢，如"莽汉眼角一滴没来得及拭去的泪珠"；又超越了一时一地的羁绊，观照百年前灵隐寺默片里"络绎不绝的香客"。此处的寂寥，既蕴藏着历史的沧海桑田，回应郑思肖沉埋百年的《心史》；又通达于人世的无常即常，化作"我心光明，夫复何言"的澄澈磊落。

乐与哀、恒常与无常之间的张力，尽都赋予了诗集的主题意象——圆月与枯荷。

皎皎明月圆满，零落枯荷凄清。这一刻，生与死、盛大与孤寂、圆满与衰异浑融共生。西子湖上，人间处处，月之阴晴圆缺、荷之盛衰荣枯，既是必然之恒常，又不知隐藏了多少世事变幻、人间无常。在圆月与枯荷之间，人世与时代、天地与古今的寂寥悄然蕴藉，不断累积，渐渐盛大，构成一片清凉广漠的诗歌世界。

王昌龄说"诗有三境"：一曰物境，二曰情境，三曰意境。物境指"处身于境，视境于心，莹然掌中，然后用思，了然境象，故得形似"，情境指"张于意而处于身，然后驰思，深得其情"，意境则"张之于意而思之于心，则得其真矣"。王昌龄将此"三境"强为次第，旨在解析诗境之微妙处。泉子作诗通达古人意境，首重指事造形，妙在穷情写物；其诗意本乎实境，笔致发自性情，澄湛精微，兴象意境皆在其中——所谓意与境会、兴与情偕，是故情境、意兴不可分离，"物、情、意"三境一体兴会生发。

对于泉子而言，圆月与枯荷既承载了象征意义，是用以抒怀之"景"与"物"，更是一种起兴、一种诗意与诗境的开端。于是，一种由起兴所激发的特别的物我关系也由之而生。在这种关系里，圆月与枯荷，更广泛的"物"或"景"，并非外在于"我"、区隔于"我"的客体，而是导向这样一种心灵境界——"我"胸中自有人世苍茫、江河万古。

在古今中外所有的诗人和艺术家中，泉子最心仪的是苏东坡。他认为东坡汇聚了自己对理想文人的全部想象："他的诗歌、艺术与生命历程都为我们揭示了一个伟大的灵魂如何源源不断地将生命中的苦难转化为祝福的秘密。"

在《美不是这枯荷》中,泉子写道:"美不是这枯荷,／不是这在枯荷间游弋的／野鸭或鸳鸯,／而是一颗如此寂寞而饱满的心／经由这尘世中的万物／来与你重见。"此处的"你"是实指也是虚指,既是说与读者的诚挚热烈,也是历经世事后重新"成为自己"。

于是,圆月枯荷的寂寥,通向时间的沧桑和悲悯。然则人生在世,无论窘迫困顿或意气风发,都会转化为颠沛一生后的通透与旷达。

"去成为你自己",抑或"对自我的辨认""回归最初的自己",泉子在近年的访问中多次提及,这是蕴含在他诗歌中的一个主题、一种态度、一项主张。对于诗人而言,在真实的生活中写诗,将生活中的风景、风物、风俗以及故地、故事、故人,乃至世世代代的国人心史转化成诗,正是以众生心事的涓涓溪流,作为诗性发生的源头活水,这里开展出的,是诗人"成为自己"的生命过程。

"成为自己"是个贝克特命题。人类的荒诞命运正在于我们需要在连绵不断的"事与情"中把自己重新生产出来,就像莎士比亚所说的——"上帝已经给了你一张面孔,你却自己又造了一张"。在泉子这里,"成为自己"却显得更加积极。在古希腊人的经验中,哲学、教育和艺术都是作为一种

"自我的技术"（自我的设计），统一于古老的神谕"epimeleia heautou（照料你自己）"。根据福柯的考察，这是比德尔菲神谕"认识你自己"（gnothi seauton）更加根本的谕示。这里的Epimeleia既是指"事奉"，又是指"训练"，同时也意味着"沉思"，指向福柯所谓的"精神性"，即"主体为了达致真理而用来塑造自己的探究、实践与体验"。

对泉子来说，这意味着一种东方式的修行。他阅读、写作，在山水间徜徉徘徊，回忆、发呆……这是他的"日课"。但这些外在于己的"身"之经验，最后都转化为内在于己的"心"之历程。如苏东坡一般，每个人都在自己的生命行旅中，涉过"一个个漩涡／与险滩"却仍能体察山川风物，直到我们"终于得以穿越／一个如此浓稠／而艰难之人世""获得大地至深处的澄澈、蔚蓝、与深情"。

泉子在《转化》中说："只有那个更好的自己／才能将所有的憎恨／转化为爱／与慈悲。"

于是，那往复身心之间的修行所生发出的"那个更好的自己"的展开过程中，总是带着悲悯或者慈悲的意味。我们看到，自"时间的苍凉"与"生命的悲悯"中生出的慈悲，正是泉子诗歌写作甚至整个生命经验的核心——对世界如是，对众生如是；对生如是，对死亦如是。

于是，生命的深度和广度被打开和扩大了——以有限面对无限、以此时此地之我面对苍茫天地和深邃历史中无尽的"我"。在这个过程中,时间的苍凉通向了生命的悲悯。这种悲悯是对人世间最微末之生命与最无常无奈之生活的感同身受:在中年丧子的单亲母亲身上,透过极致的悲痛与绝望,仍可看到人间深情;在凌晨等待垃圾车的环卫工人的早操中,感受到温暖与希望;在痛失独子的老人善意的谎言里,体察出脆弱中的勇敢和坚强。在这生命的悲悯中,蕴含着超越艰难世事的积极力量、一种平凡质朴而又温暖的同情与共情。在滚滚红尘繁华落尽处,在无常世事的幽暗花园里,在圆月与枯荷的清冷世界中,诗人建立起自己的人间道场,并从中滋生出一种温柔的慈悲,这是来自泉子诗歌的沉默的祝福。

高世名,中国美术学院院长、教授、博士生导师,中国美术家协会副主席,浙江省美术家协会主席。

目 录

我有一种悲伤 / 001

圆月与枯荷 / 002

你一次次迎着暮色 / 003

寒梅几度开 / 004

美不是这枯荷 / 005

悲伤 / 006

不知曾几何时 / 007

我心中住进了一个女孩 / 008

一种如此紧密而深切的关联 / 009

山中无所有 / 010

雕琢 / 011

生死之交 / 012

多年之后 / 014

伤怀不已 / 015

一个刚刚从检验检疫局退休的检疫员 / 016

闻一多殉难处 / 018

莽汉 / 020

"宠子就是害子" / 023

转化 / 024

"他特意为了震撼我们而死" / 025

天纵骄才 / 026

告别处 / 028

太太留客 / 029

"不良少年" / 030

"天凉好个秋" / 032

所有伟大的事物 / 033

当你想到 / 034

鸳鸯 / 035

金属的巨鸟 / 036

维文 / 037

星星 / 039

塔河源 / 040

在阿拉尔 / 041

诗的源泉 / 042

一个在你眼中那么风光的人 / 043

你曾是一个易怒的少年 / 046

诗篇 / 047

宋人郑思肖 / 048

残缺之物 / 049

不可穷尽 / 050

过犹不及 / 051

人世 / 052

一首不朽的诗 / 053

灵隐寺 / 054

这个曾如此风华正茂者 / 056

当你认定以良宽为楷模 / 057

歪脖子树 / 058

智识的景观 / 059

2021 年 9 月 11 日 / 060

镜子 / 062

立秋之后 / 063

这里曾是一片密密的树林 / 064

你必须 / 066

风景 / 067

那个被宠溺的少年 / 068

"老将军" / 069

死讯 / 072

信者 / 074

这应有的报应 / 075

现代性日益深重的危机 / 076

宾翁带给我太多的温暖与鼓舞 / 077

青山 / 078

感谢 / 079

三十多年前 / 080

一首悲怆的歌 / 082

单纯 / 083

西湖西侧的群山 / 084

在过去的百年间 / 085

寻找 / 086

努力着的人 / 087

养神 / 088

笔友 / 089

当你获悉 / 091

人世的薄霜 / 092

西人长于逻辑 / 093

所有的正 / 094

日日新 / 095

写生 / 096

三毛 / 097

万物从来湛然如一 / 098

它们都是活泼泼的 / 099

蛇 / 100

同一种战栗 / 104

一个如此浓稠而艰难之人世 / 105

不要 / 106

凤山路 / 107

只有 / 109

这天地间的微尘 / 110

烟云 / 111

注视 / 112

有时我以为 / 113

一首诗的饱满 / 115

她从来没有想到 / 116

真人 / 118

人世之盛年 / 119

取之不尽的宝藏 / 120

再过六年 / 121

遥远的下午 / 122

你原计划 / 126

"珍惜你的元神" / 127

诗 / 128

最绚丽的光 / 129

史铁生先生 / 131

不圆满 / 132

如果不是诗 / 133

诗 / 134

死亡并非终结 / 135

巨大的满足感 / 136

一种易于甄别的善 / 137

永恒的鞭子 / 138

去成为更好的自己 / 139

山脊 / 140

再一次显明 / 141

不朽是简单的 / 142

如果 / 143

诉说 / 144

哭 / 146

杭州书 / 147

重逢与别离 / 148

怀念 / 149

年轻人 / 150

百废待兴的人世 / 151

人生中最愉快的出行 / 152

想起一位故人 / 154

在过去仅仅不到千年之时 / 155

三十年间 / 156

吴山 / 157

紫阳山 / 158

你看见 / 159

解说员 / 160

小男孩 / 161

选择 / 162

二十五年前 / 166

在倪瓒墓前 / 167

孤坟 / 168

开元寺 / 170

极大的欢喜 / 171

诗的意义 / 172

闪电 / 173

如那枯荷 / 174

醉鬼的敬酒歌 / 175

耄耋之年的沈先生 / 176

我如此感伤 / 177

圆月 / 178

远山与游云 / 179

在人生的转折点上 / 180

第一眼中的欢喜 / 181

广场舞 / 182

临近垂暮之年的女子 / 183

云亭 / 184

梦 / 185

见证 / 186

那个最艰难的时辰 / 187

在去往宣城疾速行驶的列车上 / 189

当他们以不屑的口吻 / 191

敬亭山 / 192

弘愿寺 / 193

相看两不厌 / 194

听天由命的勇气 / 195

一种最平凡的真 / 196

生命之秋 / 197

单位在世最年长的前辈 / 198

一个人世的中心 / 200

天崩地裂的一瞬 / 201

汉语的源头 / 202

大雨已然停歇 / 203

在永州 / 204

过零陵 / 205

愚溪 / 206

左溪村 / 207

山水的世外桃源 / 208

依稀得以望见 / 209
我们对世界的知 / 210
示爱 / 211
突然间 / 212
语言的更新 / 213
他说他不敢看她 / 214
二十五年前 / 216
他的一生算不上跌宕起伏 / 217
在一个凝神的刹那间 / 222
如果不能读懂 / 223
西域对应一颗壮游之心 / 224
最珍贵的礼物 / 225
宝石山 / 234
孤绝 / 235
父子 / 236
一个最美好的人世 / 237
诗的救赎 / 238
诗在救我 / 239
蓉蓉 / 240
不要做一个顾影自怜者 / 242
庆幸 / 243
启示 / 244

在汝州 / 245

你第一次站到了汝河边 / 246

薄命的天才 / 247

汝瓷 / 248

洞头纪游 / 249

在洞头 / 254

无愧我心 / 255

风一般的少年 / 256

心的道路 / 257

一首伟大的诗 / 258

在清明扫墓的路上 / 259

在并峰村大株坞 / 261

命运 / 262

他在同一间幽暗的屋子里 / 263

又一个真身 / 264

而你同样动容于 / 265

重读《过零丁洋》/ 266

在项圣谟的故乡 / 267

"梅花道人" / 268

唯有在这露珠般的晶莹里 / 269

一种越来越强烈的感激 / 270

救拔 / 271

当你把自律的日常 / 272

在早春 / 273

绝佳的导体 / 274

通灵者 / 275

通衢 / 276

玄牝 / 277

不为我们所知的未来 / 278

自然的玄妙与神奇 / 279

真正的诗歌 / 280

隐居者 / 281

"人生一世，草木一秋" / 282

明都御史胡拱辰墓 / 283

一首诗的艰难恰是这人世，也是一个人毅然决然，并去成为他自己时的艰难 / 张慧君 / 泉子 / 285

我有一种悲伤

我有一种悲伤,
有时是他人负我,
而更多时,
是我负这人世
太多、太多!

圆月与枯荷

永恒的西子湖,
不朽的你我、圆月
与枯荷。

你一次次迎着暮色

你一次次迎着暮色
穿过长长的白堤,
而在蓦然回首中
看见的雷峰塔
与并峙的青山,
仿佛刚刚从古画上
被揭下,
而又重新被放置回
这大地的苍茫中。

寒梅几度开

寒梅几度开，
而你终将
借由这薄霜
几度重来。

美不是这枯荷

美不是这枯荷,
不是这在枯荷间游弋的
野鸭或鸳鸯,
而是一颗如此寂寞而饱满的心
经由这尘世中的万物
来与你重见。

悲伤

最初是母亲说,
"我不要你了!"
紧接着是她同样年幼的姐姐,
而她身后的父亲的衣袖
正被她怒气冲冲的母亲
紧紧拽着。
而你曾经的悲伤
与无助
此刻正经由这张倔强
而稚嫩的脸庞浮出,
在孤山之北麓。

不知曾几何时

曾经你会定期去抱朴道院,
沿葛岭一侧拾级而上,
在山腰盘桓半日,
继续登顶,
然后从宝石山的另一侧下山。
而不知曾几何时,
你更愿意去远观,在白堤,
在逸云寄庐与锦带桥之间,
去看那黄色的院墙
一次次从山的皱褶间浮出,
又一次次为苍翠的树枝
所掩翳。

我心中住进了一个女孩

我心中住进了一个女孩，

我忘了她的名字，

而记住了

她的美

与年轻，

而她凝眸中的欢喜

已将我变成

一个为这同样的欢喜

所充溢的少年。

一种如此紧密而深切的关联

当你想到,你的祖上

(在三百多年前)

曾翻山越岭,穿过这条古道,

来到山的另一侧,

并求得他的好友——

大儒毛际可

为新修的族谱写下的序言,

你便与这一山一水、

一草一木发生了

一种如此紧密

而殊胜的关联。

山中无所有

山中无所有,
只此静与诗。

雕琢

她朝着波光粼粼的水面
唱出的一曲曲幽怨的老歌，
仿佛这正雕琢着水面的风
同样可以将她雕琢成
那个曾经的少年。

生死之交

两个在登机前刚刚相识
比邻而坐的人,
(他们共赴同一个会场)
在航班接近目的地时
遭遇剧烈
而持续的颠簸,
并伴随着充盈于
整个机舱的尖叫与哭喊。
她很快加入这声音的和鸣,
并紧紧地抓起他的手,
直到飞机在半小时后
平稳落地,
而当他们紧扣的手指松开时,
他们手心的汗滴交融在一起。
而他们已然知悉,
他们是
那成功穿越枪林弹雨

并得以共同幸存下来的
生死之交。

多年之后

多年之后,
你蓦然惊觉于——
他们驱车几百里赶赴你母亲的葬礼,
而又在出殡队伍出发前的一刻
匆匆告别,
并来到村头的坡地上
观看完整个落葬仪式后离去,
源于他们对一个诗人母亲的葬仪
可以如此之简朴的震惊。

伤怀不已

你对"富贵不还乡,如锦衣夜行,
谁知之"哑然失笑的同时,
又因母亲在遽然离世时
你依然离一个圆满人世如此遥远
而伤怀不已。

一个刚刚从检验检疫局退休的检疫员

一个刚刚从检验检疫局退休的检疫员,

说起一生中让他感到最愧疚的两件事。

其中之一是,

临近退休时,

他在离单位三公里的河塘边

捕获一只巨大的绿头苍蝇。

(那是一种极其稀有的外来物种)

他把它制成标本,

以做纪念

与进一步研究,

又很快被单位领导借走,

(他当时是犹疑的)

一个月后返还时

一侧的翅膀已掉落,

并身首异处。

而另一个让他愧疚不已的,

是他的大女儿。

作为双胞胎中的一个,
她本应是小的那个,
如果是顺产的话。
而剖腹产让离阴道口更远的她
率先被捧出,
并在整个成长过程中
承担起了
一个姐姐的责任。

闻一多殉难处

我们一行人因为迷路
而得以穿越这条并不宽敞的弄堂。
中间不知道是谁
最先注意到左侧的墙上
刻着的
你的一首首短诗,
包括我之前熟悉的《死水》
与《七子之歌》,
以及一幅幅之前并不了解的
篆刻作品。
我惊讶于你的多才多艺,
并倾听着同行者争论着
你的诗歌与篆刻的优劣、
贡献与不足,
直到我们共同震惊于
弄堂出口不远处的
几个鲜红的大字——

"闻一多殉难处",
距离你故居的门洞三四米外,
仿佛那震耳欲聋的枪声
刚刚响起。

莽汉

是这个莽汉眼角一滴没有来得及拭去的泪珠
让你意识到他所面对的困境
要比他看似轻描淡写的述说
巨大得多。
他说,他这次匆忙来机场赶航班
是为了回老家办离婚手续。
(他和妻子的户口都在那边)
他们并没有一起来机场,
他说他们会在登机口会合,
然后一起去老家的婚姻登记处。
他们的婚姻刚满十年。
而他一直被周围的朋友视为奇人——
一个怀才不遇者,一个疯疯癫癫的人。
在最拮据时,他曾一日三餐喝白粥
度过整整一个星期。
你和他妻子都是他这段艰难日子的见证者。
很快,她怀孕了,

紧接着

他们奉子成婚。

他说,对这段不期而至的婚姻,

他们都是犹豫的,

但又毅然决然地走到了一起。

随着孩子的出生、成长,

他们的日子也慢慢地

有了起色。

有时他几分钟的泼墨挥毫

能换得全家一个月的伙食,

而经手的古玩无数,

虽然他们依然未能在这个寸土寸金的繁华都市里

拥有一间自己的小屋,

但一家人的饱腹与日常开支

不再是一个每天必须面对的问题。

婚姻的罅隙起于日常琐事,

并在孩子上学后被急剧地放大。

他们事实上已分居三年整。

虽然他知道,她是爱他的,

甚至包括现在,

但她又无法真正理解他。

而他们之间矛盾的激化

是在一年前，

帮他们一起带孩子的老母亲回到了老家，

他们或者说是她必须独自去面对孩子的作业

与一日三餐。

他们达成的初步协议是：

孩子给男方，

男方补偿女方五十万元。

（这依然可以视作

女方的一次挽留）

五十万元对他来说应该不算一个太大的难题，

但你反复提醒他，

一个人独自去面对一个还在读小学四年级的孩子

将是一个巨大的考验，

"何况你是一个过惯了自由日子的人"。

他说，他都想过了，

他准备把孩子带在身边，教他国学与武术。

而当他说着说着，

眼角不知何时又漫溢出

一颗浑圆的泪滴。

"宠子就是害子"

"宠子就是害子"
四十年前,一个邻人
以半开玩笑的方式告诫母亲,
母亲微笑着,而又若有所思地回答:
"我宁愿有一天躲在门后悄悄落泪,
因为我真的不知我怎样
才能不疼
不宠溺他!"
在又一个母亲的忌日,
当我想起这些陈年往事时,
再一次抑制不住地
潸然泪下。

转化

只有那个更好的自己
才能将所有的憎恨
转化为爱
与慈悲。

"他特意为了震撼我们而死"[①]

悼胡续冬

早晨起床,我毫无来由地默念了一句
"你永远无法知道意外与明天,
谁先抵达"时,
就读到了家新老师在凌晨两点二十一分的留言,
"胡续冬走了!据说是猝死在办公室,难以置信!无法接
　受!"
而我在一连串的叹号中感受到的震惊
不仅仅来自这人世的无常,
并脱口念出了
巴西诗人卡洛斯·德鲁蒙德·德·安德拉德的诗行
"他特意为了震撼我们而死。"

---

① 出自《锡安王挽歌》(胡续冬译)。

天纵骄才

那突然带走你的——
是一种除感冒外
我可能最熟悉的疾病。
（亡兄在十岁那年被这种疾病所纠缠,
之后再也未能摆脱。
作为两岁时罹患乙型脑炎
被成功抢救回来的后遗症,
并成为我这一世生命到来的契机。
在此之前,父母已拥有一双儿女,
一个他们当时被视为最美满的家庭组合。
亡兄死于垂钓时
发病后的落水窒息,
时年二十有八）
而你突然离去的消息带给我的惊诧
还在于,
我几乎无法将一种如此卑微的疾病
与一个天纵骄才,

一个如此强力而有趣的灵魂
联系在一起。

告别处

生命中的一些重要节点

是直到彻底丧失后才会被辨认的。

就像两年前我路过北大

你请我到校门口的一家东北餐厅吃饭,

(在座的还有姜涛)

然后各租一辆自行车穿过整个燕园。

(那一刻,

你曾是一个最好的导游)

而我们告别处是在你办公室楼下,

你用手指给我看的,

恰是两年后的昨日,

你猝然离世的地方。

太太留客

这几天我一直在重读你的遗作,

包括你在 1998 年,

你的第二个本命年写下的《太太留客》,

而在这前一年,即在与你写下《太太留客》相同的年龄,

我写下的为我赢得最初名声的一首诗

是《路过殡仪馆》,

如果在今天

需要在这之间二选一的话,

那么,我将毫不犹豫地选择《太太留客》。

你在那么年轻时

就已然如此饱满而圆熟,

而我才刚刚获得了"诗必须是对身体至深处

那最真实的声音的倾听、辨认与呈现"

这最初的领悟。

"不良少年"

即使是你的死

带给我最初的惊诧中，

我依然没有意识到

我们生命之间的

一种如此深切的关联。

我们的个性不同，

（甚至是截然相反）

但又相看两不厌。

或者说，你有多恣肆，

我就有怎样的克制，

就像你曾经的古惑仔形象，

以及传说中书包里一直装着的板砖，

就像我在年轻时

就赢得的"圣人"的虚名。

而我知道，我知道，

终究是我们身体深处居住着的

那同一个"不良少年"

将我们如此紧密地

连接在了一起。

"天凉好个秋"

每一种热都会退去,
包括此刻由你的死
所带来的喧哗,
包括我们共同感受过
而这即将到来的——
"天凉好个秋!"

所有伟大的事物

所有伟大的事物都有如神启,
又是科学般缜密的,
就像佛陀、老庄、孔孟、朱熹、
王阳明的教诲,
就像一首首不朽的诗,
就像事功从来的坚实,
并作为真知
那永恒的源头。

当你想到

当你想到,
几乎每次欢宴之后,
与会的人中都会有一位
或几位
将永不再(能)相见时,
你突然有了
一种深深的怅惘
与悲戚。

鸳鸯

相隔一米远的两只鸳鸯,
颜色鲜艳的那一只在前,
另一只落在后面,
仿佛有些犹豫与踟蹰。
那个有着一张圆圆脸蛋的女孩,
她的一只手被紧紧握在
那个高出她一头的男孩的手中。
"去追呀!
继续追呀!"
她在堤岸上焦急地喊着,
仿佛她就是其中的这一只,
或是那一只。

金属的巨鸟

如果古人看见一架飞机
(这金属的巨鸟)
腾空而起,
就像你此刻在窗台前所见,
那么,在一种混合着
极度的恐惧与震惊中,
会诞生下什么?
而你曾立誓
从一个金属的蛋中
孵化出
一首伟大的诗。

维文

维文是我整个小学
以及第二个初二之前
所在班级的班长,
(我们一直同班,
直到初二,因我的留级
而分开)
一个我童年及少年时期
绝对的大哥大。
我们上一次见面已是十五六年前。
那时,他正意气风发,
刚刚升迁,
当上了一家事业单位的股长——
小县城的一个不大不小的官职。
而这一次见面是不期而至的,
在村里组织召开的
族谱修缮启动会上。
我正坐在主席台上,

当我又一次抬头,

看见他坐在会场第一排最右侧

靠走道的座位上。

我向他挥手,

同时在他脸上看到了,

一种久别重逢后的欢喜。

当会议结束后,

他在座位边等着我,

我们的手紧紧地握在一起,

并一起细数

上一次见面已过去了十五

还是十六年。

而当我们的手松开,

并一起步出会场,

我惊诧于他紧绷

而微微佝偻的腰身,

以及步履间明显的蹒跚。

而我一直以为

年近半百,

只不过刚刚越过了

人世的盛年。

星星

天上有多少颗星星,
塔克拉玛干就有多少粒沙尘,
这人世就有多少种热爱
与痛哭的缘由。

塔河源

这里并非塔里木河的源头,
(而它昭示的
是一次命名的方便
或艰难,
以及万物终结处
恰恰是一次崭新的开始
这样的启示)
如果我们逆流而上,
向北是阿克苏河,
往西是和田河、叶尔羌河,
直到它们
与你同时获得了
巍巍昆仑与天山之
共同的祝福。

在阿拉尔

我所认识的棉花

是它厚厚的果实,

而直到近四十年后,

我惊讶于它的娇柔之美,

在阿拉尔。

诗的源泉

心之最柔软与温暖处
即诗的源泉
与福祉。

一个在你眼中那么风光的人

一个在你眼中那么风光的人,

是在他逝去十多年后,

你与父亲的一次追忆与闲聊中,

才得以知悉,

他度过的是如此艰辛

而不易的一生。

作为富农的孩子,

大学毕业后

被分配到了山的另一侧的

一所职高,

与当地的学生相恋,

并入赘到对方家庭,

又因为两个小舅子的相继出生,

携妻带子回到了

自己出生的村庄。

最初是村小,

后来是小镇唯一的中学。

在我读初中时，
他已是方圆几十里小镇的
这所最重要的学校的教导主任，
一个最负盛名的文化人。
但又丝毫没有改变
他在一贯强势的妻子面前的地位。
每个周末他回到家的时间，
妻子就会在家门口守候着，
并在他迈进家门前
将准备好的扁担与锄头等农具
交到他手中。
"他真的没有享受过一天！"
虽然三个孩子都很有出息：
大儿子浙大医学院毕业后
成为县城法院的一名法医。
而大儿子后来因中风倒在工作岗位上，
抢救回来后落下严重残疾，
以及之后获得的一系列荣誉
是为他所不知的。
二儿子是这个山村有史以来的
最高学历获得者，

新加坡国立大学博士后，

如今已是南京一所大学的副校长。

而他最疼爱的小女儿

当年成绩也一直名列前茅，

但每次大考

又无一例外地失手，

并连续几次在高考前一个月彻夜失眠，

而终于放弃了这座跳出农门的独木桥，

随后通过自己的努力，

成为县城一所大型幼儿园的园长。

而他在退休后不久就被查出

罹患鼻咽癌晚期。

转眼间，离世

已十五年整。

你曾是一个易怒的少年

你曾是一个易怒的少年,
你曾经拥有一段漫长——
焦虑、充满沮丧的青春时光,
而此刻,你已获得一种坦然,
并得以与这片枯荷
以及更远处
那列静默的青山相见。

诗篇

历代文人在西域留下的诗篇中,
最让你动容的
分别是由两位女性写下的,
包括西汉乌孙公主的《诗一篇》
与唐代陈玉兰的《寄夫》,
以及千年后,
那些依然光洁如新的
哀愁与深情。

宋人郑思肖

"宋人郑思肖在南宋亡国后以遗民自居,

撰写《心史》一书以表明誓不降元的心迹,

并秘藏于铁函内沉入苏州承天寺水井,直到明朝末年,

被人打捞起来,重见人世,

并引起极大的轰动。"(撷自西湖南岸水南半隐解说词)

而你从中读到的

同样是一首诗的命运,

以及终于由它测度,并标识出的

这人世之寂静。

残缺之物

残缺之物的美或不美
取决于它是否真的配得上
这人世之绝望
而深情。

不可穷尽

孤山之不可穷尽
恰如一颗诗人之心的
永远年轻。

过犹不及

这一池的残荷从未抵达极盛,
就像你一次次见证的
过犹不及。

人世

相对于周围这一群,
你更在意的是诗僧良宽
念兹在兹的山川
或自然
(你同样可以
以"人世"一词名之)
在今天
是否依然完整?

一首不朽的诗

人世如此薄凉,
而唯深情孕育出
一首不朽的诗。

灵隐寺

一段百年前由瑞典摄影师拍下的

灵隐寺的默片上：

那沿途络绎不绝的香客。

那些轿夫

与坐在轿子上的人。

那位妙龄少女

（她依然能准确无误地

击中你的心）

和她同行的贵妇

应是她的母亲。

那站在道旁不断弯腰屈膝的

年迈的乞丐。

那些虔诚的、

背对镜头依次通过的僧侣，

其中三位因被镜头所吸引，

而在回首的刹那

留下了一张张清晰的面容。

那个逆着僧侣的队伍，
借助一根长长的竹竿
搜寻着道路的盲人。
那个不断跪拜、
起身，再跪拜的年轻人，
以及他侧畔的香炉中，
由燃烧着的纸钱释放出的
熊熊火焰。
那个抄经的
年轻的僧人。
那个掉光了牙齿，
咀嚼着食物的老僧。
（曾有那么一个瞬间，
你把他误认作年迈的母亲）
而最令你惊心的，
是你因字幕得以第一次看到，
并辨认出的
依然年轻的太虚大师，
那张大智若愚，
而尚未繁华落尽的面容，
此刻，他
或是他们会在哪里？

这个曾如此风华正茂者

那个在熙熙攘攘的十字路口
大声喊出我的名字，
而又在我的迟疑中主动报出
自己名字的人，
我惊讶于一个曾如此风华正茂者
在跨过近二十年的时间沟壑后，
此刻所拥有的
这张如是沧桑的面容。

当你认定以良宽为楷模

当你认定以良宽为楷模

或你之命运时,

人世便突然间

获得了

一种深深的静寂。

歪脖子树

一棵倒伏于地的歪脖子树
引来了一阵阵狂笑,
"要有多懒才会长成这个样子?"
而你从他(她)们身边经过,
并继续以踽踽独行丈量着
这人世从来的艰难。

智识的景观

佛对儒的滋养是显而易见的。
而儒对佛的重塑同样重大
甚至是决定性的。
如果没有这样一次反向的滋养,
那么,佛陀这如此圆融的智慧
就早已在不断的上求中
终于堕落成了
一种智识的景观。

2021年9月11日

当修改好一个旧文档,

并看见跳出

崭新的保存日期——

2021年9月11日时,

你蓦然想起了

二十年前的

那个正在值气象观测班的夜晚。

(这也是你夜班生涯中

最后的一段时光,

三个多月后,

你被调离原岗位,

开始了一段充满憧憬,

而在二十年后的回望中,

又几乎一成不变的

新的职业生涯)

你到隔壁休息室的电视屏幕上观看

一个反复播放着的画面:

一架架客机像一支支缓缓移动的箭般
射向两座依然耸立着的摩天高楼，
伴随屏幕内外此起彼伏的尖叫，
仿佛仅仅作为一种高科技带来的特效，
而并非地球另一侧正在
或刚刚发生的真实。
而你也尚未知悉
这些惊悚而宏大的画面
对你
对一个时代，以及这人世
究竟意味着什么。

镜子

所有的人与事都是一面镜子,
并鉴照,与共同繁衍出了
一个如此繁盛之人世。

立秋之后

立秋之后,所有的盛开,
(包括这些花苞)
都是历经沧桑(风霜)的。

这里曾是一片密密的树林

这里曾是一片密密的树林,

一个远道而来的人

走下飞机后

入住树林这一侧的

一家豪华酒店,

并在一个新的黎明到来之前

用绳子

将自己挂在了

树林深处的

一棵大树上。

而此刻,

这片树林已然被夷为平地,

并成为规划图纸上的

一条地铁线的末端,

并与不远处正在升起的庞然大物,

(那在一年后将正式启用的高铁站)

以及另一侧的候机楼

连接成了

一座崭新的现代化

地空运输枢纽。

你必须

你必须去成为
这繁华落尽的见证者,
你必须再一次说出
一个悲欣交集的人世。

风景

风景是需要去发现的,

而它同样

在辨认着

一颗诗人的心。

那个被宠溺的少年

父亲每次说起祖母时
总是满腔柔情,
无论是在我刚刚记事时,
还是此刻,
他已八十有五的高龄时。
仿佛——
他永远
是那个被宠溺着的少年。

"老将军"

那个反复念叨着
"现在生活条件这么好,
（政府给村里八十岁以上的老人
每月近三百元的补助,
已基本能够应付村中食堂的
一日三餐。
用她自己的话就是:
可以完全不用仰后人鼻息了）
还有谁舍得去死"的老人
还是死了,
在儿孙们的环绕中。
而仅仅在两小时前,
她还依次叫出了五个孩子的名字,
并对他们一一进行了评点,
就像一个即将退役的老将军。
她说最"傻"的是大女儿,
女婿的退休工资,

完全可以保障他们

衣食无忧的晚年生活，

却一直像一个拼命三郎，

并落下了一身的疾病。

二女儿嫁在本村，

中年丧夫后

生活又还算安稳。

而最让她得意的

是嫁到邻村的三女儿，

一双儿女都很有出息，

儿子去了美国，女儿在省城

一家大医院工作。

她直言，

四女儿是她最疼爱的，

现在生活安逸；

而又让她始终放心不下的

是她单薄、

虚弱的身体。

她向小儿子努力地

伸了伸大拇指，

虽然手臂终于未能成功抬起来。

她说：“你是孝顺的，

我没有白疼你。”

然后转向儿媳妇，

"你也不错，

虽然我们之间

有过那么多的不愉快，

但直到最后

你还是照顾了我。"

她说她已满足，

她在这世上度过了

整九十个春秋。

她像那个老将军一样微笑着，

目光缓缓扫过

这拱立的一群，

直到突然低低

而急促地喊出，

"不成功了，

这次真的不成功了"

然后安详地

溘然长逝。

死讯

他的死讯是和台风"烟花"
几乎同时抵达的,
在他死去后一天,
而准备回村举办葬礼的
两天前。
(消息先传回了小村
然后由邻居转述给居住在省城的你们)
而他的离世并没有给你
带来一种预想中的震动,
仿佛仅仅是
一只你等待了许久的靴子的
终于落地。
你们最后一次相见
应是在两年多前的
那个国庆长假,
你和父亲、姐姐刚刚回到家不久,
他拄着拐杖,

颤颤巍巍

而又笑容满面地走进来，

和父亲下完一盘棋后离去。

而当你们在紧接着的春节

再一次回到故乡，

邻居告诉你们，

他在你们上次见面后不到一个月时

就住进县城第一人民医院，

此后，再也没有回到村庄。

然后——

又过了近两年，

他的死讯传来。

信者

生命如此短促,
而唯信者
用一只瞬间之杯
斟满了永恒。

这应有的报应

苦难而卑微的人世
是我们应得的,
并各自领受到了
这应有的报应。

现代性日益深重的危机

西方文明筑基于对恶的警觉。
而现代性日益深重的危机,
恰恰在于
"上帝之死"后,
这道坚固
或许也是最后屏障的坍塌,
以及由此弥漫开来的
如此盛大,而持续了
近两个世纪的烟尘。

宾翁带给我太多的温暖与鼓舞

宾翁带给我太多的温暖与鼓舞,

包括:他对五十年后知音的确信,

以及在衰残之年,

即七八十岁之后,

直到生命最后一息,

依然不断为我们奉上的,

那个更好

与最初的自己。

青山

青山在新安两岸
依然是古拙的，
而到富春后
它的秀气方显然
而浓郁。

感谢

感谢我的克制
与貌寝,
否则,
我应早已毁于
一颗多情的心。

三十多年前

三十多年前,
我曾在孤山上
遇到两位风度翩翩的游人。
(那时,姐姐在一家旅行社兼职,
我在放寒假回乡的途中
路过杭州,
姐姐把我拉进了
她当日带的
一个小型旅行团,
而客人即我们仨)
他们得知我爱好诗歌,
便不无得意地告诉我
他们是两位
已名满天下的诗人,
而又在犹豫中
终于没有向我透露他们的姓名,
并给予了我

许多鼓励与祝福。

三十多年来,

我曾一次次想起

这样一次

不期而遇的相见,

而又几乎完全忘却了

对方的音容。

他们会是那些

我此刻熟悉的

前辈同行中的两位吗?

而人世又终究是一次,

或一次次

恍若隔世的相逢。

一首悲怆的歌

谁的生命中不曾有过隐痛呢!
所以,
　一首悲怆的歌
　或诗才会带给你我
　以如此深沉的共鸣。

单纯

不是因对单纯的坚持而失去太多,
而是因他的放弃
而终于
与一个如此丰盈之人世
擦身而过。

西湖西侧的群山

站在西泠桥顶部,
眺望暮色中
西湖西侧的群山,
而这奔流中的苍茫
应——
同样为宾翁,
与东坡居士所见!

在过去的百年间

在过去的百年间,
保俶塔依旧亭亭玉立
如一位妙龄少女,
而雷峰塔
已然从一个垂垂老矣的僧伽
变换为,
这个魁伟
而坚毅的中年人!

寻找

你一直在寻找
一种属于自己的方式,
你一直在寻找
一条属于自己的道路,
就像滴水穿石,
就像一颗从大地深处
缓缓浮出的露珠,
就像深山
密林深处的一个泉眼,
而又终于找到了
那条流淌过
千年的河流。

努力着的人

所有努力着的人
都是温暖
而令人心生敬意的,
就像这位在凌晨街头
等待垃圾搬运车
到来的环卫工人
——他独自做起了早操。

养神

养神,

养最初的自己,

养孟夫子所谓的

"浩然之气"。

笔友

我曾在十五六岁时交过
一位湖南湘潭的笔友。
那时
我在广东湛江一所中专学校读书。
他应是长我几岁吧，
高中毕业后
参加了工作。
我们曾以大致每个月一封信的频率
保持了一年多的联系，
互相寄赠过照片，
并相约去对方的城市
又终于未能成行。
如今，我只记得照片上
那个依然熟悉的
颀长的身影，
以及那个时代特有的文艺范。
我不记得

那时我是否已启用现在的笔名，

而他的名字也早已模糊。

只是每当有人说起湖南，

特别是湘潭时，

我总会想起他。

而他现在应已年过半百了吧?

他还生活在那座城市吗?

他一切都安好吗?

岁月是否一如

我们当初期许的静美?

在三十多年

悄无声息地过去之后。

当你获悉

当你获悉你的曾祖与他唯一的兄弟

先后因吸食鸦片

而终于失却,

这个千年古村落

第一家族的荣光,

并变卖光几乎所有家产,

挤住在仅剩的几间偏房中,

并先后在五十余岁时

早早谢世,

你就有了一种深深的忧伤,

以及同时获得

(或感受到的),

你与这个国家、民族

一段如此沉重之历史的

紧密关联。

人世的薄霜

人世的薄霜从未消融过，
而仅仅是从这里
搬迁往那里，
从这一群人的头顶
搬迁到了
那一群人的头顶上。

西人长于逻辑

西人长于逻辑，

就像汉人敏于感受

或是一种直觉中的洞察。

或者说，西方文明

更多显现为阳性的一面——

一种更为强悍的

向外的求索。

而汉文明总体是阴（母）性的，

是为玄牝，

而无中生有，

而生生不息……

所有的正

所有的正
都一定是热心肠的,
并作为那全部美善之
最坚固的缘起。

日日新

日日新

意味着一种古老的传统

需要我们

以每时每刻的凝视,

去不断地激活

与发明。

写生

我是因二十多年来
在每个周末
沿西湖堤岸的行走,
而又仿佛是在一个刹那间
理解了
石涛上人一再强调的写生,
与"搜尽奇峰打草稿"
之于一个画人,
或是一首诗的意义。

三毛

三毛曾说:"我们三十岁的时候,
不应该去急五十岁的事情。
我们生的时候,
不必期待死的来临。
这一切,
总会来的。"
(《送你一匹马》)
而她在三十一年前
(1991年1月4日)
离世(自缢)于
台湾荣民总医院,
在头一天刚刚完成
一个小手术,
并计划
很快出院的前夕,
终年四十有八。

万物从来湛然如一

万物从来湛然如一，
而私意与执着将我们
变得如此不同。

它们都是活泼泼的

师古人是师法

或体味古人

在与造化相遇时

那颗战栗不已的心；

师造化是师

这正从我们心中

一次次被取出的造化。

它们都是活泼泼的，

而不是那死物！

蛇

深夜,阿朱又一次说起
一件萦绕于心的,
近三十年前的往事。
"那时,我是和外公
一起睡的。"
在一个夜晚,
他们几乎同时看见了
一条巨大的蛇
挂在与床正对的窗棂上。
外公迅速从地上
捡拾起了
一只用来装米的编织袋,
然后身手敏捷地
将蛇装了进去。
他说,别怕,
阿美(一个家人称呼她时的昵称)。
我这就把它扔到院子外面去。

而她欢呼着，

央求外公让她

来提这个沉甸甸的袋子，

并从他手中夺了过去。

——一种可疑的轻！

而当他们在院墙外面，

打开袋子时，

袋子已空空如也。

外公宽慰她说，

蛇应该是在他们两手交接时逃走了。

但——

那个袋子一直是完整的，

包括那个被他们紧紧攥在手心的袋口。

三十年来，

它成为

一个一直盘桓于

她心底的谜，

并促使她

把它作为一个传奇

一次次地讲述给

她周围的人听。

更多的人

帮她找到了一个相同的答案：

室内出现的蛇

都是先人的化身。

(也正因此，

当我第一次听她

讲述这个故事时，

心被提到了嗓子眼——

我曾如此担心

他们在无意中伤害到了

那位不期而至的先人)

所以，它的消失

也是无声无息的。

她说，事实上，

她也从来没有害怕过，

相反，有一种莫名的亲切感，

包括她最初与它对视的一瞬。

而此刻，

(在这个寒冷的冬夜，

在另一个温暖的被窝里，

在似乎的半梦半醒间)

她说她仿佛突然间醒悟过来,

并想明白了这件事:

外公当时并没有捉住那条蛇,

但为了宽慰她

而表演了捉蛇的一幕。

她说,一定是这样的!

但这个萦绕了她近三十年的谜团的解开

并没有让她感受到

一丝的轻松,

以及一种类似解脱后的愉悦。

她说:

"我又能向谁去求证呢?

而外公会化身为

另一条与我再次相见的蛇吗?"

当他已离开了她

近三十年之后。

同一种战栗

诗是你与宇宙重新建立起关联,
并为那同一种战栗
所贯穿之一瞬。

一个如此浓稠而艰难之人世

对于这白发苍苍的

步履蹒跚者,

你是抱以同情

还是羡慕?

当他涉过了一个个漩涡

与险滩,

而终于得以穿越

一个如此浓稠

而艰难之人世。

不要

不要为赢得那些廉价的掌声

而失去

这安身立命

之所在!

凤山路

"凤山路,南宋时为皇城通道,
元明时叫城南大道,
清时称凤山门外直街,
民国时拆门筑路,
时称拱三路(拱宸桥到三廊庙),
一九八一年更名为凤山路。"
(摘自凤山路最南端新立的
一块水泥标牌)
而当你在一九九二年那个夏天
来到这座城市,
入职这条路最南端的
一家事业单位时,
这里曾是这座城市
最为破败之所在。
你曾在这里度过
一年零六个月,
(那是一段多么压抑

而又茫然的青春时光！）
直到你调到了
这座城市另一端的
一家大型国企。
而在近三十年悄无声息地过去之后，
这里已升起一座座恢宏的
院落，
仿佛又有了昔日的辉煌
与气势。

只有

只有这守正者,
只有一个从心所欲不逾矩的人
终于从无所不在的相遇中
获得了祝福
与成全。

这天地间的微尘

如果诗

仅仅是诗,

那么,所有星辰

就无一例外地萎缩成了,

一粒粒

孤悬于

这天地间的微尘。

烟云

这在青山绿水间
仿佛被画上去的拱桥
已被踩在了你脚下。
而你又如此欢喜于
那正为你此刻的眺望所见,
而为更远处的青山
托举起的烟云。

注视

你想象着母亲

正看着

已长成一位标准少女的点点,

在她离世四年半后。

而你的心

同样得以

在这样的注视中

融化了。

有时我以为

有时我以为，我是天地间的氤氲之气，
有时我以为
我是天空中飘荡着的一片云，
有时我以为，
我是一颗正从那片云彩中
飘落的雨滴，
有时我以为，我是那颗雨滴滋润过的
一株小草、一棵参天大树，
有时我以为
我是因二十年的凝望
而终于得见的
那面静静的湖水，
有时我以为，我是更远处的流淌——
那奔流的江河，
有时我以为，
我是江河在亿万年间的奔流不息中
得以不断抵达的大海，

有时我以为,我终于感受到
并说出了这天地、
这宇宙、这万物最初的
混沌未开。

一首诗的饱满

一首诗的饱满,

恰是一颗心的饱满,

亦是一粒露珠,

以及这落日

之浑圆。

她从来没有想到

她说,她从来没有想到,
她的第一次出国
不是他曾许诺过的,
一次结伴同游,
也不是去参加他的婚礼
或毕业典礼,
而是他的葬礼。
(这是她的
唯一的孩子,
因一起随机抢劫案,被枪杀
横死于异国街头)
这个伤心欲绝的中年人,
这个绝望的单亲母亲,
不,
不是绝望,
而依然是
这人世从来之深情

帮助她念出了

一首不朽的诗。

真人

我孜孜以求的,

不是一个世俗意义上的王者,

而是那真人。

人世之盛年

你沿着西子湖的堤岸走着,
走着,
并在不知不觉间
穿越了
人世之盛年。

取之不尽的宝藏

你走向一座山,
是你借由这座山走向
你之深处,
并得以重新发现
与挖掘出
一个取之不尽的宝藏。

再过六年

当你意识到再过六年
点点就到了
阿朱与你初遇的年纪时,
你便蓦然间获得了
一种深深的怅惘
与惊悸。

遥远的下午

我的人生之路总体是顺利

也是幸运的。

而我又经常把它

与我在年少时的

一次经历联系起来:

大约是初中二年级

秋季开学报到的首日,

我和同年级的三位同学

相约去镇上。

先通过一座古老的石拱桥

来到由一条五十米宽的小河

分隔开来的

古镇的另一侧,

然后准备穿越河流下游三百米处的

一座木桥返回。

当时应是大雨后的初晴,

河道中洪水泛滥。

我们四人雁阵般一字排开。

而当我们四人同时站在桥上，

走在最前面的那位

即将抵达对岸时，

木桥剧烈地晃动起来，

并很快坍塌。

我在慌乱中

抓住了一块漂浮的木板，

并成功回到岸上，

而又在惊魂未定时

转身发现，

最后走上桥面的那位同学

依然在离岸崖两米处的水中奋力挣扎。

（他来自一个山腰上的村庄，

是一只标准的旱鸭子）

而在我重新跳入河中，

向他靠近时，

他本能地

将我紧紧地抱住，

并一同顺流而下。

我们一次次沉到河底，

又一次次跃出水面，

直到我终于在最新的

（也应是最后的）

奋力一跃中

成功抓住了

一根从岸崖上悬下的藤蔓。

而我们上岸处，

离下游一个湍急的拐角

不到五米。

三十多年过去后，

我记忆的清晰

同样因父亲

看我如落汤鸡般回到家中，

并听我讲述完整个事件经历后

那最初一刻的暴怒

与惨白的面容。

我已完全记不起

三位同行者的名字与音容。

他们现在在哪里？

他们是否和我一样

依稀记得这个遥远

而又惊心动魄的下午?
而我又经常将命运给予我
那么多的眷顾与祝福
与这个遥远的下午
联系在一起。

你原计划

你原计划
用四天时间走完凤凰山、
玉皇山、南屏山及吴山,
而又在刚刚过去的四天中,
在凤凰山山顶上
分别找到了,
四条不同的下山之路。

"珍惜你的元神"

"珍惜你的元神!"
在年近半百的这个元旦日,
你突然写下了
一行毫无来由的诗。
而它又作为
这人世之从来的
一条隐而不现的律令。

诗

诗是在一次次灵魂拷问中
得以浮现的,
一个如此鲜活
而满目疮痍之人世。

最绚丽的光

阿朱曾一次次向我描述过

她在四岁那年

落入村前池塘后

所看到的

一束最美

又仿佛

从来不属于这世界的光亮——

那么地轻盈，

以及曾带给她的

一种无与伦比的欢愉。

她在被打捞上岸的一刻

昏厥过去，

然后在自己的哭泣中

再一次醒来。

（仿若一次新的呱呱坠地）

而就在刚才，

在落水事件

过去将近四十年后的

一个毫无征兆的薄暮,

她从一本偶然打开的书本上读到,

另一些濒死者

或落水儿童说出的

那同一束

"这个世界最绚丽的光"时,

依然是那样激动

而心有余悸。

史铁生先生

二十四
或二十五年前,
我曾与史铁生先生
有过一面之缘。
他来杭州参加完一个活动
准备返京。
组织活动的朋友
找到我
(因为我在机场工作),
我因此获得了
这珍贵的一面之缘。
如今,先生早已驾鹤而去,
而一张如此清癯、
质朴的脸庞,
(他笑意盈盈地
端坐在轮椅上)
一次次浮现在我眼前,
宛如那初见。

不圆满

是所有的不圆满
共同铸就了地球——
(它是另一个
我们此刻
在眺望中所见的圆月吗)
在宇宙
之深处的浑圆。

如果不是诗

如果不是诗,
我不知道我会(能)找到什么
来抵御这人世之严寒。

诗

诗即我们心的萌动
与惊悸所隆起的
这大地之起伏。

死亡并非终结

死亡并非终结

与消失,

而是你又重新回到了

那无穷无尽

而不可测度

之幽暗中去。

巨大的满足感

当我们搬进钱塘江边,

去单位与北山路

都很方便的 136 平方米的三居室时,

阿朱说,她又获得,

并感受到了

十多年前,

我们刚刚住进庆春东路

那间不到 60 平方米的两居室

(我们拥有的第一套房子)时

那种巨大的满足。

一种易于甄别的善

一种简单

而易于甄别的善：

你必须时时

在俯视中发明出

此刻母亲在天上的看

——她的告诫与祝福，

她的欢喜

与忧戚。

永恒的鞭子

时间用那根永恒的鞭子
抽打在我们每一个人的心
与脸上。

去成为更好的自己

去成为更好的自己,

(没有最好)

并作为

你对在这尘世所有相遇的报答。

山脊

不是道路越走越窄,
而是你已来到了
一处
你必须独自
穿行而过的山脊。

再一次显明

诗究竟是对命运的顺从,还是抗拒?
而诗又必须作为
对其更深处之道、
之真理、之空无的
再一次显明。

不朽是简单的

不朽是简单的！
你也曾有过类似的渴望
或浮夸。
而一首伟大的诗
又终究是
你在终其一生的徒劳中，
为这尘世从来之艰难
去做出的
一次新的见证。

如果

如果你读懂了人性,
即意味着已然穷尽
这个广袤
而无垠的宇宙。

诉说

她说起你们的一位共同的兄长、好友
前不久因母亲离世
赶回千里之外的西北深山奔丧。
那个只有四户人家的小村中的所有人
都从这个辽阔国度中的角角落落
不远千里、万里赶回
（这是一个除了老年人与幼儿
都在外地谋生的空心村，
就像这个国度中
更多偏远乡村一样。
其中的一位
是在刚刚抵达东南沿海城市工地的第二天
连夜买机票赶回的）
为他母亲送行，
作为这个村庄维持了几十年，
或许是数百年的一个传统时，
她的眼泪流了下来。

而你同样在她的诉说中

深深感动于

一个依然如此坚实

而饱满的人世。

哭

每个人哭的都是自己,
哭这个永远都不可得圆满
与完整的人世。

杭州书

无论是汪王的纳土归唐,
还是吴越王的纳土归宋,
都作为一种慈悲,
一份这方水土更深处的
祝福
及赠予。

重逢与别离

点点曾一次次为离别而落泪。

包括两位同班同学的中途转学

（其中一位是同桌）；

包括她去香港短暂游学，

天各一方的同龄人

在不到一周的时间里相遇，

又匆匆而别；

包括她在临近小学毕业时，

那么忧伤地倾诉

与追问："爸爸，你说，

人生又有多少个六年？"

直到她终于，并渐渐

渐渐地理解了人世

那从来，

而又无所不在的

重逢

和别离。

怀念

在整理存书时,

我再一次看见了二十年前

在文三路

枫林晚书店组织、参与我的前辈同乡,

诗人方向的诗歌分享会时

保留下的

诗友们对他的纪念文集

(在他逝世十周年时),

并同时看到了

当时参加聚会的

另一位年长我一岁的同乡诗人——

肖遥

题赠予我的诗歌打印稿。

而他也已于去年清明节过后

不到一周时离世,

转眼又已过去了

一年整。

年轻人

看着这群年轻人为即将到来的离别而歌哭时,
你也抑制不住地潸然落泪,
因你也曾有过这样的年华
与别离。

百废待兴的人世

一片新的荷叶刚刚探出
因浮萍丛生
而狼藉的湖面,
仿佛你此刻正置身的,
这个劫后余生
而百废待兴的人世。

人生中最愉快的出行

母亲离开我即将满五年了。
而在将近八年前的,
一次被她事后多次描述为
"人生中最愉快的出行"的
台湾七日游中,
旅行团成员包括了她
以及她最亲密的妹妹
两大家子共一十五口人。
(她说她应是村子里
同龄人中最幸福的)
而在当时,
我正度过人生中
并不为她所知的
一段艰难的时辰。
在一次单位的常规体检中
我的肝脏上发现了一个异物,
并正通过 CT 与核磁共振做进一步检查,

结果尚不明朗

(事实上,

诊断结论在后来的一个月中

不断反复)

而旅行团正在整装待发的前夕。

多年之后,

我依然如此感激于

命运之神的眷顾,

以及时间之深处

一次如此丰厚的馈赠

与祝福。

想起一位故人

他有知的悟性,

但又缺乏

行的孤绝。

在过去仅仅不到千年之时

在紫阳山上,

米芾书写、

姜召摹刻的

"第一山"

依然如此雄浑有力,

胡缵宗题刻的"紫阳洞天"

同样依稀可以辨认。

而与它们紧邻的两处题刻

已漫漶不得识矣!

(是我来得太晚了吗)

在过去

仅仅不到千年之时。

三十年间

三十年间,你曾几度登临,
而又惊诧于此刻的抵达,
如那初见。

吴山

吴山不是吴山,它包括了紫阳、云居、金地、清平、
宝莲、七宝、石佛、宝月、骆驼、峨眉……
并由它们共同簇拥成唯一一座嵌入杭州城内的
山丘。
而你曾把它仅仅视为城隍阁之所在,
(这座城市的标志之一)
以及古吴越国的分界点,
并在过去的二十年间
一次次为你
在北山路、白堤、葛岭、孤山上的驻足
与眺望所见。

紫阳山

这座三十年前为你所初见
而又一直熟视无睹的山,
突然间让你泪流满面,
并非物是人非,
抑或青山不老,
而是你知道,
你知道了
一个人去寻找,
去倾听,
并去成为那个最初的自己
是多么艰难!

你看见

你看见了一只白色的飞鸟

如箭般

射向那为浮萍遮掩的水面,

你看见了

一条鱼那修长的身体

在空中剧烈地扭动,

你看见了一种渐渐获得的慢,

直至寂静之重临,

你看见了

那尾静止的鱼

突然加速游过了

鸟的比它的身体狭窄得多的脖颈,

你看见了大地

那一如既往的残忍

而生生不息。

解说员

每次在展厅看到

这张白发苍苍的杨之华

与风华正茂的瞿秋白的遗像

站在一起的合照时,

她都会有一种深深的怅惘与惊悸。

而你从这位年轻而美丽的解说员的眼眶深处

看到的

那颗隐隐的泪滴

已然在不知不觉间

淌过你的脸庞。

小男孩

亲爱的小男孩,
你为何而哭,
在西子湖畔,
在此刻白堤
熙熙攘攘的人流中。
而我亦曾如此伤怀于
这个由沮丧、无助与悲伤
充塞的人世(城池)。

选择

因点点中考去向的话题,

单位保洁阿姨同我说起

她丈夫堂妹的孩子,

同样是在今年参加中考,

并取得570的高分,

并已被当地一所最好的高中录取。

她强调这个成绩的

来之不易

是因为他来自一个特殊家庭。

父亲在他两岁那年

离他而去。

(最初的一刻,你误以为是因为疾病

或意外)

这位曾经的上门女婿,

近二十年前

从一个过万人的国有企业离职,

(他曾是一名合同工)

远赴广州经商，

失败后

家庭争吵不断，

并被推向了一位生意合伙人——

一个漂亮

而又独自带有一个孩子的单身女性。

而孩子的爷爷（即外公）

因患忧郁症

于六年前喝农药离世，

落葬前，他从千里之外匆匆赶回。

（虽然他的前妻曾发誓不让他再踏进这个家门，

并拒绝了他交付给孩子的抚养费）

热心的族人们

纷纷劝他回归之前的家庭，

毕竟这里还有他的亲生骨肉。

而这个家庭

也确实需要一个成年男人来打理

与照料。

因为除了

这个尚未成年的男孩之外，

这个家庭只剩下三位女性了：

男孩的奶奶（即外婆）、母亲

以及已年近四十

依然待字闺中的小姨。

男人还是果断地拒绝了，

虽然在这次奔丧期间，

他曾回原单位探访之前的老同事，

并因知道他们现在生活稳定与安逸

（其中的两位还转为了正式工）

而有些许的落寞

与悔意。

他说，如果不是当初辞职，

这个家应还是完整的。

但他现在又必须回去，

回到

他后来在广州重新组建的家庭。

他说，他不愿意伤害

与辜负更多的人。

况且那时，她也已怀有

他新的骨肉了。

保洁阿姨在一声长长的叹息后接着说，

村里人对他的选择

总体上还是给予理解的，

因为对他来说，

确实每一种选择

都如此地艰难。

二十五年前

二十五年前,母亲毅然决然地
把她亲手建造起的楼房推倒,
然后又用了一年半时间
在原地基上将房子重新建造起来。
(在这一年半的时间中,她和父亲
先后借宿于邻居家
以及地基下
之前村里用于储存废水的
一间密封的水泥建筑里)
因为一位风水师告诉她,
如果房屋的朝向不改,
那么亡兄的命运
迟早会落到
她此刻已在省城工作、生活的
小儿子身上。

在倪瓒墓前

我们之间相隔的
是近七百年的寂静,
直到我从你的墓碑上
默念出了
我前世的姓名。

孤坟

明洪武七年（公元 1374 年），

倪瓒在江阴长泾借寓姻亲邹氏家。

"身染脾疾，一病不起，

后转好友儒医夏颧家治病，

并于阴历十一月十一日在夏府停云轩辞世，

享年七十四岁。

他的遗体埋在江阴习里陈店桥北，

后迁葬于无锡芙蓉山麓倪氏祖坟。"

而当 648 年后，

我们第一次来到他的墓前时，

这里曾经的森森墓碑与累累坟茔

（他的先人与更多的后来者）

都已不知所终，

而仅仅留下了一座孤坟，

并对称于

这人世或宇宙之

最初的苍凉、饱满与寂静。

（2022年8月7日，与勇森兄同游无锡倪瓒墓，在墓前回廊上对坐良久，记有此诗）

开元寺

在无锡开元寺,
在那些庄严肃穆的佛像中,
我看见了四十年前,
那个不仅仅是喧嚣、狂飙突进,
而同样可以如此寂静的年代,
以及得以完整留存下来的
一张张
同样属于汉语的
清凉、皎洁
有如满月的面容。

极大的欢喜

母亲从记忆深处源源不断地带给我的感动
与温暖还包括：
她是那么容易地得到满足。
每当我付出一点点的好，
她就会回报以
极大的欢喜。

诗的意义

当你认识到诗最大的意义

在于修补一个残缺的人世,

并帮助你去成为那个更好的自己时,

你才获得一种真正的拯救,

并终于得以放下

那全部的抱怨

与不平。

闪电

当你读到燕南为她父亲
——曙白先生写下的一首诗
（也是她的第一首诗）的
最后一行，
她"再也不用梦到父亲临终的一瞬中
那双圆睁的眼睛"时，
仿佛有一道闪电
同样穿过了你的心。

如那枯荷

在一个衰败的人世中,
你又该如何独善其身,
——如那枯荷?

醉鬼的敬酒歌

在《醉鬼的敬酒歌》中,
那所有被致敬的,包括:
岸上的幸存者与骄傲的白鹅、
守护者、失意者、老学究、政客、恒星、行星、流星、卫星、
黑洞、尘埃、不值一提的矮行星(谁不是不值一提的呢?)
一闪而过的彗星、无垠的宇宙……
都是那些曾经
或依然沉睡的自己。
而他们所致敬的友情、无常、分离、忘却、衰老、背叛、
规则、秩序、混乱和老无所依、谎言、誓言、真诚、贪婪……
何尝不是所有生命深处
那些从来的欢喜与宿疾!

耄耋之年的沈先生

耄耋之年的沈先生
绕过他学生为他介绍的相亲对象,
而向与她同行的女儿表白:
"其实,我的心是和你一样年轻的!"
这成为朋友们在此后多年聚会时
被反复提起的笑谈。
而你是在又过了很多很多年之后
才渐渐理解了
这样一份不合时宜的渴求中的
凄美与率真。

我如此感伤

我如此感伤于人生(世)中
那么多一闪而过
而又永远无法释怀的
相遇。

圆月

我曾为阿朱画过无数的大饼，

在我们刚刚相遇，

而我们还都那么年轻时。

后来是点点的加入，

直到年近半百时，

我依然在向那虚空中比画，

直到——

我们一同望见了

那轮皎洁的圆月。

远山与游云

那为你所见的

远山与游云

无一不在测度着

一颗心

亦是这人世的

饱满与寂静。

在人生的转折点上

画家袁梦迪说,"在一个个人生的转折点上,与自我和解"
让你突然想到那句镌刻在希腊阿波罗神庙门柱上的箴言
"认识你自己",以及两千年后由哲人尼采再一次说出的
"去成为你自己"。
而不知从什么时候开始,
你视"倾听身体深处的声音,去成为那个最初
与更好的自己"为所有诗与艺术的
一个坚实的起点,
或是它们更深处,那共同的秘密。

第一眼中的欢喜

我们很难去解释人与人初遇时
那第一眼中的欢喜或敌意,
是因为我们尚未获允知悉
宇宙更深处,
那些从来
而无所不在的关联。

广场舞

每次听到广场舞舞曲响起,
你就会想起母亲,
想起那个娇小、
略显笨拙,
而又自得其乐的身影,
并蓦然惊觉于此刻
距离那人世
之无可挽回的一瞬
已那么久!

临近垂暮之年的女子

这个临近垂暮之年的女子
在回忆起
一桩少女时的情事时
依然是面带羞怯的,
仿佛又有了当初
第一次被求欢时的惊诧
与欢喜。

云亭

你不记得三十多年前

第一次看见云亭时的感受了。

而它入你的诗仅仅不过十年,

仿佛第一次为你所见,并又如此惊诧于

这砖石的堆砌之物

那从来的简洁、朴素

与完整。

梦

阿朱一早醒来,告诉我

她昨晚梦见妈妈了,

在千岛湖的家边上,

气色很好,眼睛特别明亮。

而我是在刹那间获得了

一种巨大的欢喜。

虽然

我每天想起妈妈时,

她都会报以微笑。

而我又确实很久很久

不曾在梦中

与她相遇了。

见证

只有当我们理解了希伯来文明对希腊文明的滋养与重塑,

只有当我们理解了儒释道之融合的艰难,

我们才能真正理解所谓的东西方。

而在今天,我们正迎来一次更为波澜壮阔

与剧烈的融合,

并终于以我们经受的全部

去为这人世从来之艰难

做出见证。

那个最艰难的时辰

十二年前,他送走了刚满三十岁,

而在新婚后不满三个月时

因遇车祸离世的独子。

(这段短暂的婚姻并没有能为他们留下

任何的子嗣)

七年前,他送走了八十八岁的老母亲,

而就在前天,他匆匆赶回了四百公里之外的故乡

去送别享年九十六岁的老父亲。

(他的父母至死都不知道他们的孙儿

已先他们一步离世。

他编了一个善意的谎言,

儿子去美国工作,定居

而又在每年年末请一位年轻的同事

冒充,并在电话中

为他们送去新年的问候与祝福)

他说,他不知道多年之后谁来送他

以及与他同年、今年刚满七十的老伴。

虽然现在他们身体总体还都硬朗着,
似乎——
离那个最艰难的时辰
依然遥遥无期。

在去往宣城疾速行驶的列车上

在去往宣城疾速行驶的列车上,
你望着窗外突然想起了
二十四年前写下的《苏北平原》——
这组收录在你的第一本诗集中,
又几乎被你完全忘却的诗。
(事实上,它们并没有选入
你后来的诗歌选本,
虽然你依然记得
你在记录下它们的
那一刻心的悸动,
你依然记得这些心无旁骛
与物我两忘的
最初的时辰)
仿佛你(们)乘坐的是同一辆列车,
仿佛你(们)看见的
是同一片土地,
仿佛这暮色中的苍茫

已了然无痕地抹去了
那将一个少年
与他的中年隔绝开来的
时间之沟渠。

(赠江离、飞廉、月霞)

当他们以不屑的口吻

当他们以不屑的口吻说出敬亭山的低矮时,
你蓦然间想到了西湖的小。
它们分别作为新安江、富春江、钱塘江
这棵流淌的树上开出的
一朵最绚烂的花,
与天下第一奇山——黄山
之支脉,
以及玉真公主和石涛
共同的修真之处,
(黄山同时是
新安江源头之所在)
而分别由东坡居士
与太白先生发出的喟叹——
"欲把西湖比西子,淡妆浓抹总相宜"
和"相看两不厌,唯有敬亭山"。

(赠方文竹)

敬亭山

是钟灵毓秀,
亦是人世之深情
通过这一草一木,
与满山的苍翠
来与你、
我相见。

(赠陈先发)

弘愿寺

所有走过的路都不会白费。
当你在迷途中
回首望见了
敬亭山山麓
——弘愿寺参差、巍峨
而寂静的飞檐。

相看两不厌

相看两不厌的是敬亭山吗?
它同样是谢朓、李白、玉真公主、石涛……
是一代代的诗人,
是那颗历尽沧桑的赤子之心
通过不同的眼睛
与足迹测度出的,
这青山,这人世,
这寂静
之永恒!

(赠李庭武)

听天由命的勇气

万物在根本上依然是一种交换,
或是作为一种因果
与能量守恒。
而你愿意用终其一生的徒劳
去换得汉语,以及汉语更深处
之道,之空无
在这一瞬间的显明吗?
而你终于获得了
那全力以赴
而顺其自然
而听天由命的勇气!

一种最平凡的真

一种最平凡的真

(或者说,

真从来都是不平凡的)

又终究胜过

那虚幻之美

无数。

生命之秋

生命之秋依然如此美好,

而又终究是

这从来

或同样的无从挽留

带给了你、我

以深深的悲戚。

单位在世最年长的前辈

在他八十岁那年,我曾在庆春东路上几次遇见他。

他每天到我住地附近的证券公司现场看盘,

收市后回家,

步履稳健、器宇轩昂。

那时我坚信他能活过百岁。

很快,我搬到了钱塘江边的新家,

之后再也没有遇到过他。

只是偶尔听同事提到

这位单位在世的最年长的前辈,

仿佛属于他的岁月会一直静好、延续。

而他的死讯是不期而至的:

作为这个组建刚满二十年的新单位

退休人员中的(他在这个单位重新组建之前退休了

他原本可以选择作为另一个福利更好的单位的退休人员

又因为某种情结选择留了下来)

第一个离世者,

(而在职人员中已有三人

先后离世了）

享年九十有三。

一个人世的中心

在南岭深处,在大瑶山,在香草园,
当友人说起
这里离舜帝陵的直线距离不过六公里时,
你惊诧于前一天
一次计划外的抵达,
而又用了整整一天时间的驱驰
得以再一次靠近。
仿佛那里有着
一个人世的中心,
仿佛你再一次听清了
一种致命的召唤
与吸引。

天崩地裂的一瞬

在暮色深处的奔驰中,你们一行
因你的一个试探性提议,
而来到这里,
[他不仅仅是一个民族的人文始祖,
也不仅仅作为伟大的德孝文明之源头,
(所有可见的源头都不成其为源头,
而是一种里程碑意义上的存在)
他同样是你姓氏源流
与考据学上的
那个活泼泼的祖先]
并默念出"南巡狩,崩于苍梧之野。
葬于江南九嶷,是为零陵"时,
仿佛那天崩地裂的一瞬,
正发生在此时此刻。

(赠冯晏)

汉语的源头

这里不仅仅是湘江与潇江的源头,
它同样是楚辞的源头,江南的源头,
那个伟大汉语的源头。
这里是舜帝
亦是娥皇、女英的归瘗之地,
(这里承载有太多人世之绝望
和深情)
而德孝文明终于在这里生根发芽,
并成为一个民族的胎记,
并郁郁葱葱成
你此刻眺望中所见的
孤独、苍茫
与欢喜!

(赠黄梵)

大雨已然停歇

大雨已然停歇。
而屋檐上的水滴
依然在坠落,
而更远处潺潺的溪流
终于获得
一种崭新的激荡
与决绝。

在永州

在永州,你想起了柳宗元
与他写下的《永州八记》
和《江雪》
——"千山鸟飞绝,万径人踪灭。
孤舟蓑笠翁,独钓寒江雪。"
而千年后,
这生命深处的孤绝与寂冷
依然准确无误地
找到了你。

过零陵

当你路过,并看见这个因舜帝而得名,
又为柳子、元结、怀素、周敦颐、何绍基
共同拥有过的古城,
并一直作为唐宋元明清历代五朝
郡道路府州的治所所在,
其简陋,而容纳
不过百人的候车间时,
你不禁有了一种如此浓烈的
今昔之慨,
并惊诧于人世之
从来的苍茫与寂冷。

愚溪

太美了,又太过破败的!
这因柳子而得以重新命名的愚溪。
(是宁愚毋智的吧?
并在另一个千年之后,
通过另一个人说出的,
"宁拙毋巧,宁丑毋媚")
而在最初,
你误以为只是江南乡间的
一条司空见惯的沟渠,
并惊诧于钴鉧潭、小石潭及西山的
幽冷、寂静,
而在千年后依然鲜活如初的美,
而你又仿佛有了柳子当年
在不到二十日间连续购得西山
与西山两百步之遥的钴鉧潭
(同样是破败的)时的慨叹
与欢喜。

左溪村

据史料记载,

左溪村在两宋时即已得到初步的开发,

而最早的定居者为李姓。

如今,这里已是畲人

(那些视凤凰为图腾的

蚩尤与盘王的后裔)的聚集地,

"雷姓最多,蓝、钟次之"。

他们在清中期(两百多年前)

开始从外县及本镇迁移过来。

汉族姓氏则有陶、傅、夏、苏等二十余个。

而你同样在与这片古老山水的

不期而遇中

历尽了人世之沧桑。

山水的世外桃源

库村带给你的震撼

与深深的感动，

不仅仅是一门十八进士，

还是一个山水的世外桃源，

一个古典中国社会

微小而依然完好的模型，

以及那个伟大江南

或汉语，

在这里展露的

勃勃生机。

依稀得以望见

罗隐在一千多年前从你故乡出发,
经过近一个月的长途跋涉,来到这里。
就像你在昨天,
搭乘两个小时的高铁
与一个半小时的汽车后的抵达。
他感慨过的世外桃源
同样是你此刻惊叹的,
而他遇见的仙人与高士,
你同样在一张张光洁
而清癯的脸庞上
依稀得以望见。

我们对世界的知

我们对世界的知
与不知，
恰如寥落的星辰
所对称的
一个如此广袤、无垠
而幽暗寂静的宇宙。

示爱

示爱

即袒露你的最柔弱处

给人看。

突然间

突然间,我从一种极度的眩晕中走了出来,
并终于卸下了
一身的尘埃
与重负。

语言的更新

对一首诗而言,
真情实感是最重要的。
但语言的更新
与提炼同样是决定性的,
并对应于这人世
之从来的艰难。

他说他不敢看她

他说他不敢看她,

因为只要看她一眼,

他就担心会把她弄脏。

在整整一个甲子之后,

他说出了

他们初遇的那刻

他心中的惊悸。

那一年,他九岁,

她一十九,

也是她的出嫁日。

按当地的风俗,

刚掉落牙齿的孩子

让新娘的手指摸过缺口处,

那里就很快长出新牙。

十年后,他把她与她的四个孩子

一起带到了离村庄十几公里外的深山,

在她第一任丈夫死于意外

一年之后,

并在另一个一年半后,

在他们最初寄居的山洞中生下了

属于他们的第一个孩子。

另外三个孩子出生在他上山两年后盖起

而他们至今仍居住着的泥房子里。

此后他又用了十年时间开凿出了

一千八百级通往山下的石阶,

并依次把八个孩子送到山下。

他说,他们没有选择和孩子们一同下山,

并决意终老于此,

是因为,他们已习惯于

这密林深处的世界。

你通过两位误闯者的镜头看见,

并惊诧于两张沧桑岁月所无法篡改

依然洁净如初的脸庞,

而他们的微笑

同样有着那穿凿人心的力量。

二十五年前

我蓦然惊诧于二十五年前,

第一次看见阿朱

——那个在和煦的阳光中,

着一条牛仔裤,斜挎着书包,

从我面前匆匆经过的少女。

而我又似乎并没有意识到,

我们生命之间已然(或即将)发生的,

一种如此深切

与殊胜之关联。

他的一生算不上跌宕起伏

他的一生算不上跌宕起伏,

虽然在六十岁那年退休,

并从单位的集体宿舍搬走后,

一个人离群索居已一十六年整。

虽然家徒四壁,八十八平方米的毛坯房里

没有一件电器。

"但一个有着满屋子书的人又怎么会孤独呢?"

他说。

他每天读书写作十小时,

纵然已是七十六岁高龄。

他书桌边堆满了

抄写得密密麻麻的本子。

他曾在一家专业刊物上开设过专栏,

直到十多年前这家杂志停刊。

之后,他几乎与整个世界失去了联系。

他说,他最后悔的事

莫过于五十三岁那年,

学校组织老师学习电脑操作,

而他因为颈椎病发作错过了。

他说,如果当初学会使用电脑,

或许他写下的文字

应该有更多的面世机会。

但他现在又确实太老了。

他曾经购置过一台电视机

与一台空调。

但两台电器又在一年多后

先后罢工,

经过几次修理后终于被彻底放弃。

他说,这样也好,

看电视的时间也可以省下

用来读书写作。

他在一本杂志上读到的,

吹空调容易得空调病,

帮他获得一种释然。

而在这个

创下这座城市有气象记录以来

最高气温的夏天,

他因热射病被送往医院抢救,

出院后被直接送进了养老院，

又在不满半个月时

坚决地要求回到自己的住处。

因为他真的无法适应养老院的群居生活，

包括饮食起居。

他的睡眠质量本来一般，

但在养老院里，

他会整夜整夜地失眠。

回到家后，

他的饮食又几乎是一成不变的：

早餐一罐八宝粥，中餐吃一点白肉，

包括鸡脯或鱼虾，

晚餐则只吃些素菜与水果。

他说对于吃，他只求饱腹，

但也注重食物的营养构成。

"因为一个人越老

就会越意识到身体的重要性。"

他在年轻时显然有过

属于他的高光时刻。

出生于古都西安，

北京师范大学英语专业本科毕业后，

考上南开大学研究生，

毕业后留校，

又过了三年，

赴美国耶鲁大学访学，

回国后选择南下，

任教于我生活的城市

这所著名高等学府。

他虽然迄今

依旧孑然一身，

但感情生活又并非一纸空白。

仅仅在南开大学任教的三年中，

给他介绍过的对象就不下三十人。

第一个正式女友曾相处过半年，

但他终于忍受不了她

与她家人身上的市侩气。

另一个是学校副校长的千金，

他后来毅然决然地抽身离去

是因为她父亲的"伪善"。

之后还遇到两位算得上非常心仪的女孩，

又都因为种种原因错过了。

其中一位仅仅因为皮肤太黑，

另一位则是在美国访学时遇到的，

"毕竟，很快又天各一方"，

并终于"自己把自己给耽搁了"！

在刚刚退休时，

他曾强烈地渴求过另一半，

特别是在一场大病之后，

并走进了婚介所。

而应征者无一例外地提出

将他现在居住的房子加上对方的名字

让他心怀芥蒂，

并因此拒绝了

婚介所发来的所有信息。

而他对另一半的等待

与坚守并没有放弃，

他坚信那个"未知女神"终将出现，

在他有生之年里。

他说，他对另一半的要求也一直没有改变过，

他要找的

不是一个照顾他生活的人，

而是"心灵的伴侣"！

在一个凝神的刹那间

在一个凝神的刹那间,
你再一次望见
你曾在襁褓中,
从母亲的怀抱里望见的
那缕和煦、洁净
并一直温暖着你的光亮。

如果不能读懂

如果不能读懂塔里木河，
我们就不能理解
我们脚下的这块土地。
就不能理解
生活在这块土地上的人，
以及由于各种各样的机缘
来到这里，
而此刻在这里驻足的我们。

西域对应一颗壮游之心

西域对应于一颗壮游之心。
而你此刻对它的耽溺是否意味着
那个曾经的少年
依然不曾老去！

最珍贵的礼物

她童年的阴影

来自父亲。

从她记事起,

母亲就经常遭到父亲的毒打,

为一些不起眼的小事。

而在她读小学六年级那年,

当父亲再一次操起长木凳

砸向母亲时,

她终于举起身后一张椅子

迎向自己的父亲,

并因此遭到了毒打,

并在床上躺了整整一星期。

她说,父亲在施暴时

从来是不计后果的。

他会把一个人往死里打,

无论是自己的妻子

还是孩子。

而在另一次，

当她听到父母在隔壁房间打斗时，

她顺手拿起一把匕首，

然后冲了进去。

她朝他们哭喊着，

如果她可以用死

来平息他们的愤怒

（那似乎随时而起的

一种如此强烈的激情），

那么，她愿意，

也将毫不犹豫。

而在手起刀落的瞬间，

母亲闪电般地奔向她，

并因匕首的侧刃

在手掌中留下了

两道鲜血如注的伤口。

而匕首的尖刃依然在她的腹部肌肉上

留下了一道深深的口子。

父亲则因这突然的冒犯，

而暴跳如雷，

并以最恶毒的话诅咒她。

从高中住校后,

她就极少回家,

她说,她那时

应患有抑郁症,

对死亡的恐惧也一直考验

甚至诱惑着她。

在大学三年级时,

一次聚餐,

同学的哥哥在酒后

强行与她发生了关系。

(她反复强调这是一次被动的行为,

并矢口否认源于爱情。)

而在五个多月后,

她因腹部明显地隆起

才觉察到已怀有

近半年的身孕。

在最初的惊慌无措后,

她很快镇定下来,

并做出休学一学期,

瞒着家人、学校

把孩子生下来的决定。

她说，她应对一个无辜的生命

负起责任。

在休学的那段时间里，

她和孩子的父亲一起外出打工，

并在城市的一角

租了一间小屋子，

直到生产的前一天，

住进医院。

孩子的"奶奶"

在孩子出生后的第二天匆匆赶到，

帮助护理月子，

并在丈夫离开的第一时间告诉她，

她其实只是丈夫的婶婶，

而他的亲生父母

在他年幼时

即已双亡。

她说，在那一刻，

她心底里更多的是同情

与怜悯，

以及一丝的寒意。

她从来没有责怪过他，

甚至也不认为

他是在有意地隐瞒。

在出月子后不久,

她把孩子寄养在了

他们雇佣的保姆家,

然后外出打工,

回学校继续学业。

大学毕业后,

她顺利地在一家国企找到了

第一份工作。

而在那里,

她遇到了第一个

真正让她动心的男人,

甚至可能是生命中

唯一的一位。

她说,她第一次发现

并确认一种如此强烈、

将她整个吞噬的情感,

是在她整理单位资料,

并被其中的

一张二十多年前的老照片所吸引,

仿佛刹那间

被一道闪电击中。

照片上的年轻人那么儒雅、

风流倜傥。

而二十多年过去后,

他依然那么儒雅、风流倜傥,

又因岁月流逝

而更为丰厚,

并成为

这个近千人单位的一把手。

因为工作关系,

他们几乎每天都会见面。

而每次见面时,

她的身体都会抑制不住地战栗,

在最初

差不多整整一年的时间里。

她说,在他退休前的

他们几乎朝夕相处的近十年中,

他应该感受到了

来自她的一种异样的情感,

并回报以

一种相同的欢喜。

但他们又谁都没有说破过。

她说他有一个极其美满的家庭,

父母健康、夫妻恩爱,

他的儿子与她同岁,

新组建的小家庭也很幸福。

她和丈夫的离异

正是发生在这段时间里。

导火索是丈夫参与了赌博。

她说,丈夫一直是深爱

或者说溺爱着她的,

他们之间也极少发生争吵。

所以当她第一次提出离婚时,

他以为

她只是在说一句丧气的话,

直到她铁石心肠地

坚持了一个月。

在办理完离婚手续后,

他们再也没有联系过。

她也很快带着年幼的女儿回到故乡,

在成功应聘,

成为家乡一家政府机关的
公务员后。
她把父母接了过来,
一家人生活在一起。
她迄今依然单身。
(她身边从来不乏追求者,
因为她的美丽
与知书达礼)
但对于前夫,
她并没有一丝的怨言,
甚至感激于
他为她送来了
这人世的
一份最珍贵的礼物——
她的马上参加中考的女儿,
并在陪伴她的成长中
慢慢治愈了
她心底的
那份来自童年的创伤。
她说,她并不后悔,
她在年轻时所走过的弯路,

并视所有这些，

为她从童年的阴影中

终于走出来，

那必须用半生去完成的

一次自我的救赎。

宝石山

宝石山在夜色深处

像极了一只蛰伏的小兽。

而它有多温顺,

你的心,或是这人世

就有着怎样的柔软。

孤绝

诗是你必须
从一个喧嚣的人世中
发明出的孤绝。

父子

他们父子二人在不到半年的时间内

先后离世带给你的震惊,

不仅仅因为他们作为你的远亲。

其中,"子"是你表哥的堂兄弟,

也是你小时候的玩伴。

而"父"则是你母亲曾经的追求者,

(他曾在你的另一首诗中出现过)

一个远近闻名的泥瓦匠。

而你们老家的楼房正是在二十多年前

由他带领施工队修建起来的

(在亡兄落水离世一年后),

迄今依然屹立在

千岛湖上游的

梓桐河畔。

一个最美好的人世

一个最美好的人世：
既成人之美，
又得偿所愿。

诗的救赎

在这个从来而悲苦的人世,
我依然
或许永远需要
一首诗的救赎。

诗在救我

诗在救我,
在救这个不断下坠、
沉沦的人世,
诗在救它自己。

蓉蓉

当我从万里之外回到杭州,

阿朱在从机场接上我回家的路上,

告诉我

一个突然的消息:

"蓉蓉走了,就在两天前。"

她说的,是她的一位老同事,

也是一位

我近十年未见的熟人。

而我眼前突然浮现了

那张光洁、颇具亲和力

而又有着一种隐隐骄傲的脸庞。

阿朱说,

蓉蓉最后的脸

已肿胀得几乎无从辨认。

她婆婆则在现场

一直泣不成声,

哭诉着:

本来应该是她来送她的，

而不是她送她。

阿朱接着说，

蓉蓉的命真是太苦太苦了。

她丈夫几年前脑出血后瘫痪在床，

孩子的身体

也连续出现状况。

与其承受生命中

令人窒息的种种，

以及癌细胞

加速向身体各个部位扩散

所带来的一种极度疼痛，

她最终的撒手

未尝不是一种解脱。

而从确诊绝症

到最后离世的近一年时间里，

她拒绝了

几乎所有亲友的探视。

不要做一个顾影自怜者

不要做一个顾影自怜者,

而你又须

时时俯察你的心。

庆幸

刚刚过去的半生恍若一瞬。
而你庆幸于
你并未
与一个如此繁盛的人世
失之交臂。

启示

屈原既是一位杰出的政治家,
又是一位伟大的诗人;
诸葛亮既是一位儒者,
又是一位杰出的政治家、
军事家与文学家;
张仲景既是一位道士,
又是一位医学家、政治家、文学家;
张衡既是一位科学家、发明家,
又是一位政治家、文学家。
这些与南阳这片土地
有着如此殊胜之关联的人物
带给你怎样的启示?
而那些伟大的作品又从来不离事功,
从来作为一个人
去成为那个更好的自己时,
而终于在语言中
留下的印痕。

在汝州

在汝州,午夜醒来
读刘希夷的《秋日题汝阳潭壁》
《故园置酒》《嵩岳闻笙》《归山》
《代悲白头翁》,
一个可能被文学史严重低估了的
天才诗人。
(他比你苦难的亡兄存世
仅仅多一个春秋)
而你透过这茫茫夜色、
这寂静,
再一次看见,或听到了
从《诗经》中流出,
(这里依然不会是起点
与源头)
将《古诗十九首》、阮籍、刘希夷,
以及杜甫、东坡居士连接在一起的
那条永无止境的河流。

你第一次站到了汝河边

你第一次站到了汝河边,

这条曾流淌过《诗经》的河流。

你领略了汝瓷

与汝帖之美。

(这里有着一个时代、一群人

亦是这人世依然在滋养

与重塑我们此刻心灵的至美)

此行又错过了

汝州三宝之一的汝石,

而又在风穴寺,

在对一个古老寺院,

以及一位伟大诗人刘希夷的

重新发现中,

得到了加倍补偿。

薄命的天才

一个薄命的天才作为诗那从来的宿命吗?
而一首诗又对应于
这人世之漫长而艰难的修行,
以及那条圆满之路的
永无止境。

汝瓷

就像一块遗落在山野间的宋瓷碎片,
而人世在这残存中
依然如此丰厚、饱满
与完整。

洞头纪游

一切皆是最好的安排,

就像这次洞头之行——

你在出发前

为完成当天的书法功课,

匆忙间把整理好的长裤

落在了家中。

(而次日

你有一个正式场合需要出席。)

办完酒店入住手续后,

你匆匆赶往离此处

两公里的老街。

(酒店工作人员告诉你,

那里应该有小岛上

唯一的一家男装店。)

整个小岛

如同博尔赫斯笔下

"小径分岔的花园"。

而你一开始就走错了方向,

并因此遇到一位热心肠的大哥。

(在后面的攀谈中,

你知道他年长你六岁)

他提着一桶十斤的机油,

从你问路的小店里走出来。

"跟着我走。"他说。

中间你两次试图帮他提油桶

都被他坚决地拒绝了。

"你是客人,

让你来提还成什么样子!"

他每次高声说出时

都会把身体挺得更直,

而有了一副

真理在握的样子。

一路上,他不断地和熟人打招呼,

有时停下来

用当地话闲聊几句。

当你们路过他家门口时,

他热情地邀请你进屋喝茶。

你迟疑着,

又最终未踏入,

但已然从心底认定

他是你来到这个小岛后

结交的第一个朋友。

他陪你多走了几十米,

至一个拐角处为你指路。

他说,沿着这条街

再走大约三百米

会看到一个菜市场,

然后从左前方下台阶,

就能找到

你要找的那家男装店。

三百米的路上,

你还经过了洞头道教协会

与北岙太阴宫——

浙南地区极为罕见的

一个集儒释道为一体的古寺院。

寺院供奉着陈、林两位圣母

——浙闽沿海居民的平安保护神。

而你突然间想到

并惊诧于女性

与这片土地之间的

神秘联结,

包括离这里不远,

以普陀山为道场的观世音菩萨,

包括东南沿海广布的妈祖庙。

你还想起了

你在多年前写下的

一首诗的首句:

"所有完美的形象一定是女性的。"

以及米沃什的一行诗

"我们应敬当地的神",

并在此地

确实感受到了

一种莫名

而深深的肃穆。

从寺院出来后,

你继续往前走了一百多米

就到了人声鼎沸的菜市场——

作为老街的一部分。

而你要找的男装店就在沿台阶往下走

不到一百米处。

当选好心仪的裤子,

推开玻璃门

挥手的一瞬,

你发自肺腑地夸赞店主

还在读幼儿园的漂亮女儿时,

那张小小的脸庞

回报以那么

那么的欢喜,

让你确信你已与洞头

以及将小岛簇拥着的

这片海域

有了一种如此真切

而仿佛从来之关联。

在洞头

只有蹲下来,

蹲下来,

只有这更低处,

我们才能听清大海,

以及

那为浪花所簇拥的永恒。

无愧我心

你常不安于
有失于礼,
而又终于释怀于
"无愧我心"。

风一般的少年

一个多年不见的老同学拨来视频电话。

他和另几个初中同学在一起聚餐，

五六个中年的胖子，

在一个不大的包间里。

你们并不惊讶于对方脸庞上

布满的沧桑，

他们的笑容是那么真诚，

而信号时断时续，

你们几乎是扯着嗓子在交流，

就像在一个空旷山谷的两侧。

而仅仅在视频被接通的一瞬之前，

你脑海中浮现的，

依然是一个个青涩、消瘦

而风一般的少年。

心的道路

科学技术试图帮助我们
从外部建立起万物之间的
一种从来的关联,
而我们又必须重新发明出
那条向内
亦即心的道路。

一首伟大的诗

一首伟大的诗往往是静水深流的,
并对应于寂静、安宁与惊涛骇浪
所形成的巨大张力,
以及那个步步惊心、岌岌可危
而又安之若素的人世。

在清明扫墓的路上

在清明扫墓的路上,
爸爸比较着外婆与外公墓址选择的
优劣或不同:
外公的墓地正前方
是宽阔的千岛湖,
为外公过世后
三位舅舅的集体决定。
外婆的墓地则是她自己选的,
正前方是一条通向
曾经的镇办工厂的小路,
亦即她最疼爱的两个外孙女
每天上下班的
必经之地。
而她所不曾预料
或不知的是,
在她去世后不到三年,
两个外孙女先后远走高飞,

在离家两百公里的

同一个繁华的都市里

工作、生活，

最终定居，

转眼

已过去了

三十五年。

在井峰村大株坞

你一直匍匐着向前、
向前，
在那山巅仿佛可以伸手触摸
而又遥不可及的密林深处。
你想去看一看
这泓汇入梓桐河、千岛湖、
新安江、
富春江、钱塘江，
最终抵达东海、太平洋的清泉
是怎样获得
那最初的喷涌
而毅然决然的力。

命运

在回首往事时，
你蓦然惊诧于
那些不经意
而又具有决定性的时辰，
那些在懵懂与茫然中
又早已
向你敞开的命运。

他在同一间幽暗的屋子里

他在同一间幽暗的屋子里

先后送走了两个儿子与老伴,

分别寿年三十九、四十七

与七十八。

而他还有一个儿子(最大的)、两个孙子、两个孙女、

一个曾孙与一个曾外孙,

分别散落在

以这间幽暗的屋子为圆心的

几百公里内,

并共同拥有着

一个依然如是繁盛

而欢腾的人世。

又一个真身

最初,你对李白的衣冠冢是无感的。
它几乎与你同年,
(二十世纪七十年代迁于此地)
虽然它坐落于采石矶上
一处眺望长江水的绝佳之地,
并紧邻传说中太白先生的
落水处。
你带着浅浅的失望
或遗憾,
直到你看见了林散之先生题写的碑文,
仿若太白先生的
又一个真身。

而你同样动容于

一个因患绝症

而担心将原本不宽裕的家庭

推下悬崖,

并毅然决然地

从医院出走的母亲,

一个当街给母亲下跪,

并几乎咆哮着

恳求母亲回医院接受救治

应已过而立之年的男子,

他们各自近乎倔强的坚持,

而你同样动容于

这人世之从来的

艰难、绝望

与深情。

重读《过零丁洋》

当你在零丁洋边重读文公的《过零丁洋》时,
有了一种别样的感动。
那"山河破碎"与"身世沉浮"间的
"惶恐"与"零丁",
以及由"人生自古谁无死,
留取丹心照汗青"
(这是一次次的自我鼓励
与说服后的喷薄而出吗)
终于道出的,一首诗、
一个人,以及这人世
之从来的艰难。

在项圣谟的故乡

当你在项圣谟的故乡,
突然想到"项"同样作为你母亲、
你外祖的姓氏,
并从"大宋南渡以来辽西郡人"的印文
与外祖墓碑上的"辽西郡五十八世"中
读出了
那共同的所自,
并再一次惊诧与动容于
人世那无所不在的关联。

"梅花道人"

这个一生痴爱梅花,

"筑梅花庵,植梅数百株",

自号"梅花道人",

为自己题写墓碑"梅花和尚之塔"者,

他最打动你的,

恰是那些在千年后

依然酣畅沉着,

直入你心的墨竹。

唯有在这露珠般的晶莹里

你在同一天两度落泪,
分别在吴镇墓前,
与赵无极画展展厅里,
而你知道,你知道了,
唯有在这露珠般的晶莹里
才有着一个人世之
从来的饱满
与丰盈。

(赠黄礼孩)

一种越来越强烈的感激

你已不再羡慕米沃什、叶芝、

曼德尔施塔姆,

虽然你依然

视他们为你的文学之父。

你同样不再羡慕屈原、李杜

与东坡居士,

(这母性一侧的

你之成为你的

更深处的密码)

而在一种

越来越强烈的感激中

你渐渐——

并终于得以

与那个最初的自己相遇。

救拔

诗是我们将词语
(或是词语将我们)
从庸常的人世中
救拔出来,
并终于获得了
那些可以与生死
等量齐观的惊奇。

当你把自律的日常

当你把自律的日常

作为一项伟大事业

那不可割裂的部分,

你才会感激于

这人世之

从来的质朴

与坚忍。

在早春

在早春,一个气温急剧抬升的午后,

一个结伴出行的老年旅行团,

他们枯坐在古镇沿河的长木椅上,

其中的一位斜倚在

另一位的肩头,

静静地

而不知何时停止了呼吸,

所带给他同伴的

一种如此强烈的惊悚与沮丧,

又何尝不是

一份如此深沉的信任

与托付?

绝佳的导体

你要去成为一个绝佳的导体,
以重建起万物间
那从来
而又被隔绝已久的关联。

通灵者

每一个人都是那通灵者,
而我们又
已然被遮蔽了
太久太久!

通衢

诗歌仅仅作为一堆优美词语的组合
是极其有限的,
直到它们熔铸出
那向万物
及无限处
敞开的通衢。

玄牝

东方文明的阴性
或内向气质
是由巍峨的青藏高原
与波涛汹涌
而辽阔无垠的太平洋
在亿万年间
所共同塑造的，
这为山与水所隔绝的，
一个如此狭小
与封闭的空间，
这玄牝
——这万物得以不断化育、
繁衍
而生生不息
之泉源！

不为我们所知的未来

以古希腊为源头的西方文明

从一开始就作为一种海洋文明,

并在哥白尼

与哥伦布之后

终于成为我们寄居的

这颗星球的

一种最强势

之所在。

而太空的辽阔无垠

终于抹平了东西方

在过去五百年间所凸显的

这样一次最新的偏斜,

并赋予了它们

以一个共同

而崭新的支点——

那浩渺,而依然

不为我们所知的未来。

自然的玄妙与神奇

自然的玄妙与神奇在于
它从来作为道的显明。

真正的诗歌

真正的诗歌
都不会仅仅作为一种语言的技巧,
而更关乎
心灵的质地,
是言有尽
而意无穷的。

隐居者

是这静谧的深山，

还是你

——一位大山深处的隐居者

带给我一种如此强烈的吸引？

当我徒步一个半小时，

在那座门扉紧闭的院落前

试着给你发信息。

（在改换了好几个角度后，

信息才得以发出）

并很快收到你的回复：

你正在两百多公里外的杭州城

——这个我头一天动身出发，

而已然寄居了

三十余年的繁华都市。

"人生一世,草木一秋"

只有逼近衰年,
你才得以真正理解
"人生一世,草木一秋"
之深处的悲凉。

明都御史胡拱辰墓

最初，你被这座垂直高度不足十米的小丘
一种弥漫开来的
强烈气场吸引，
在这个天色已渐渐暗淡下来的薄暮。
你通过三条用青砖铺就
同时抵达其顶部的
小径中的一条
来到了，
那同样用青砖砌出的
方形观景台。
在短暂的停留后，
你选择了有一片密密竹林一侧的
那条小径，
回到了平地。
在环小丘绕行，
并在寻找一条归去之路，
而即将告别的一瞬，

在一次猛然回首中，
你与矗立在第三条小径的侧畔，
那个斑驳残损，
又因新近涂色后字迹如此醒目
与惊心的碑石
——"明都御史胡拱辰墓"
（你念兹在兹的祖先，
他的画像曾悬挂在
所有族人的中堂）
相遇。

一首诗的艰难恰是这人世，也是一个人毅然决然，并去成为他自己时的艰难

张慧君 / 泉子

张慧君：泉子老师好！作为一位青年诗人，我曾经在诗中写道："我带着一颗在寒冷时结霜的心冀求 / 见到我们这时代中的好品行、把光芒洒播的 / 德高者：到底来自美德而非修辞和墨妙的照耀。"读您的诗、结识您，我才欣喜发现我寻找到了我们时代罕见的明德惟馨的诗人。您是把诗歌、生命和生活作为一种修行的诗人。如果说"奇装异服或搔首弄姿"（泉子《羞耻的见证》）的写作姿态是对语言的污染和败坏，那么您就是一位汉语的擦拭者和洗濯者。您是追求道与真理的真正的诗人，确实就像那"将珠穆朗玛峰抬高一微米的， / 一抹幽暗的光芒"（泉子《你要》）。我特别想问您是如何走上这条修行之路的，您在路途中发现和获得了什么，以及来路与去路是怎样的。

泉　子：谢谢慧君！"明德惟馨"确实是我的理想，但在这之间又依然有着漫长的路途留待我去跋涉与丈量。而其

中的艰难恰恰是一首诗，也是这人世的艰难。

岁月日深，我越来越感激于写作与诗歌，正是它们将我引向了这条修行之路。我在年轻时，也曾经历过一段不短，甚至称得上苦闷与沮丧的学徒期。大约在1997年，我在里尔克、博尔赫斯、艾米莉·狄金森等西方杰出前辈同行的启发下，又似乎是在突然间意识到了，诗歌不仅仅是一种分行的文字，还是我们对身体至深处的声音的倾听、辨认和追随，并在语言中呈现。也因此，在我今天的回望中，我会视1997年为我的写作元年。

写作或诗歌其实是在找自己。而我们通向更深，或最初的自己的这条道路又是永无止境的。我们同样会发现，这个最初的自己同样是万物的原点，是道，是真理，是神，是我们或万物那颗共有的心，是东方教诲更深处的"空无"，是这个喧哗不安的人世得以安住的磐石，是这个分崩离析的世界重归于一个整体的力。而这里有着我们全部的过去与未来。

张慧君：您对诗歌抱有怎样的信念？您认为诗歌的功用是什么？在当代社会和当代诗歌景观中，诗人何为？

泉　子：在我还很年轻时，我曾以为诗歌可以光宗耀祖与扬名立万。但正是诗歌与写作帮我放下了这样的浮华。

诗其实是我们成长的痕迹，其背后是我们的人。我们是一个怎样的人，我们有一颗怎样的心，我们有着怎样的境界，我们才能看见，并说出一个怎样的人世。诗歌最大的功用或意义在于帮助我们不断化解我们生命中的困境。我年轻时是一个特别容易焦虑的人，正是写作帮我放下了焦虑，并获得一种安宁。

每一个个体的努力都是微不足道的，但我们又不必妄自菲薄。我们所有的努力都在生成与塑造着我们此刻正置身其中的时代与人世。如果我们真的能获得与杜甫、黄宾虹相同的深情与孤绝，那么，我们也同样可以为周围、为更远处的人们捎去杜甫与黄宾虹曾为我们带来的温暖、感动与鼓舞。

张慧君：里尔克在《安魂曲》中写道："因为生活与伟大的作品之间／总存在古老的敌意。"我和一些青年诗人朋友都遭遇了写作与普通生活或生存境遇的角力。我知道，您在生活中有"日课"，比如念诵《金刚经》《心经》《圣经》《古兰经》，抄录《道德经》《论语》，行走西湖山水间等。您以及您的创作与生活的关系是怎样的？

泉　子：生活与伟大作品之间的古老的敌意，同样是一首诗或语言深处的张力之所在。生命中的困境是无处不在的，它同时在考验着我们。而那些在生命中无法被化解的，我们同样不可能在语言中得到救赎。你提到的我的"日课"，读经、抄经，以及在西湖山水间的行走，我已坚持了二十多年。而这样的一种属于个人的传统对我的滋养与塑造是巨大的，并帮我安住一颗晃动不止的心，并帮我获得一种洞察、一种化繁为简的力，以及那个本来而繁华落尽的人世。

张慧君：您一直在孜孜探索伟大的汉语及其根源，您现在如何理解它们？

泉　子：语言的背后是人，是地理、气候、风俗对世世代代人心的塑造。

汉语的灿烂辉煌对应的是儒道释这样一种属于东方人的独特的认知系统。禅宗在中唐的确立是作为西来的佛的中国化成熟的标识，也是一次对道的创造性转化。而宋明理学对应的是禅或佛对儒的一次反哺，并共同塑造了唐诗宋词的光芒万丈。或许，这样的观察还可以帮助我们更好地理解我们今天依然置身于其间的东西方的又一次剧烈的交流与融合，并得以窥见汉语之未来。

汉语的这种化敌为友的能力，其更深处依然是阴阳相生与阴阳相成为我们奉上的那个生生不息的人世。而每一次交流与融合完成的同样是一次对自我的辨认，以及不断积攒出的，我们回归最初自己的愿力与勇气。

张慧君：您的诗歌生涯，有哪几次重要的诗风蜕变？您的诗学观有怎样的发展？

泉　子：我的诗风基本三五年会有一次变化或调整。而称得上重要的诗风变化的，应该是两次。一次发生在我前面提到的1997年，我的写作元年，也是我的第二个本命年；另一次是在2013年，我的不惑之年前后。第一个阶段主要是在西方同行的滋养与启发中得以完成的，包括2004年与2010年左右的两次诗风的变化，并伴随于对西方文明的更深入的理解。在这个阶段，米沃什可能是观察我的写作的一个很有意思的尺度。我第一次接触到米沃什大概是在1998年左右，但那时我对米沃什的诗歌是无感的，并把他的那些长句作为分行的散文。但过了五六年之后，米沃什仿佛在突然间向我打开，并成为对我产生最持久影响的一位西方诗人。大约在我的而立之年到不惑之前这十年间，我随身的背包中总会装着一本米沃什的诗集，或是绿原翻译、由漓江出版社出版的绿皮本《拆散的笔记簿》，或是张曙光翻译、由河北教育出版社出版的黄皮本《米沃什诗选》。我想，我最初不能进入米沃什，可能是因为米沃什过于深厚广博，其背后是整个西方的文学、政治、哲学与宗教；而那时我还太年轻，还没有准备好。但和所有伟大的作品一样，它会一直在那里，等待我们成长，然后向我们敞开。

我诗风的第二次重大蜕变同样伴随于对自我的倾听、辨认与追随，是在西方同行的鼓舞下，不断向内的开掘中，得以与那个更深处的自己相遇。在不惑之年后，我对自身的这一侧的传统进行了系统的补课，从四书五经到朱熹、王阳明，并积攒出了一种越来越强烈而清晰的认识与判断——"如何通过对一种西方言说方式的借鉴来说出东方人对这个世界的一种精微而独到的理解将决定汉语的未来"，并视之为我们这一代，甚至之后几代汉语诗人的机遇与使命。

张慧君：这并非仅是诗艺层面的如何"化欧化古"的问题。您能深入谈谈您的主张和这个使命的实践之道吗？

泉　子：真正的"化"是去成为你自己。我们向古人、向西方那些杰出的同行的致敬都只能在"去成为你自己"中完成。否则，就是"食古不化"。这同样作为一种"一而万"的关系，作为对老子那些古老教诲——"道生一，一生二，二生三，三生万物……"的一种回应。

另外，我对东方性的强调并非出于一个东方人、一个汉语写作者的执着，而是我越来越强烈地意识到一种东方智慧，即阴阳相生与阴阳相成不断为我们塑造与奉上的一个生生不息的人世，以及"你即使是我的对手，依然可以作为成全我的一个契机"这样的秘密领悟之于这个危机重重的时代的意义。在过去的近两百年来，地球俨然一个小小的村庄，并在总体上呈现为西方文明的一个变体。现代性的困境，恰恰是西方文明的困境以及其呈现出的后果：一种对个体、对力量、对"阳"的过度强调造成的一个日益分崩离析的人世，以及与之必然相伴的孤独与绝望；一种对性恶论的信奉，包括"他人即地狱""每个人都是罪人"，并与之相伴相生的"零和游戏"和"修昔底德陷阱"。而是时候，我们需要再一次从东方的整体性的世界观，以及"西子湖畔柳枝之柔弱与至善的一瞬"中汲取力量，并获得启发与滋养了，以作为对一种强势了五百多年，也让我们深深受益过的伟大文明的反哺，并作为阴阳相生与阴阳相成，而绵延向更远处的一次崭新的见证。

张慧君：读您的三本诗集《空无的蜜》《青山从未如此饱满》《山水与人世》，您的一部分诗作是箴言风格的、简洁深远的、采用枯墨般笔触的言道之短诗，另一部分诗作是写人叙事、风俗画般的较长的叙事诗。这两种风格并置，一个补充了厚重人世之维度的伟大江南从中浮现。您的诗看似素朴，实则有隐而不显的技艺难度。我想请您谈谈，您用了哪些具体的技巧？您是如何锤炼语言和手艺的？更重要的高于修辞的东西又是什么？

泉　子：技巧的意义在于帮助我们去获得一种说的自由。

当技巧还是一种障碍时，技巧的重要性就会被凸现。而那些伟大的作品又是在我们对技巧的放下中得以显现的。准确与简洁往往是我们观察一种技巧的有效性的最好标尺。特别是准确，它考验的是一个人的洞察，一种透过现象看本质的能力，一种回溯原点，或是见证的能力。而简洁能将这种洞察与见证之力的磨损降低到最低程度。简洁并非少，一个短句并不代表简洁，而一个几十个字的长句，如果其中的每一个字的删减都会造成语义的减损，那么，它就是简洁，或是千金不易的。

在早年，我的写作几乎都是一蹴而就的。而最近十年来，我几乎所有的诗歌都会过一百遍以上。我先把平日记录在记事本上的分行的文字整理出来，然后每天过一遍。有时仅仅是个别字词的增删，有时只是一个句点或标点符号的调整，直到我终于听见了叶芝当年曾一次次听到的丝绒盒子合上时的咔嗒声。

张慧君：您生于浙江淳安县千岛湖畔，长期生活于杭州城，江南的山水、风物、人情对您而言是重要的创作题材，但您多次谈到您对江南的重新审视和认识。张曙光老师在《汉语的辨认》一文中谈及您的诗，说道："异于我们印象中的江南诗，不是低吟浅唱，不是缠绵幽婉，也很少出现华美旖旎的句子,而代之以坚实硬朗。"我想听听您对江南文化和江南书写的阐释和洞见。

泉　子:我出生在千岛湖畔一个几乎与世隔绝的小镇,那由千岛湖与周围逼厄而高耸的青山所围困的梓桐源——那狭长的,方圆十几公里,而盛放下我十岁之前整个童年的空间。梓桐河作为新安江的一条支流,在千岛湖形成之前,这里是一个富庶与文化积淀很深厚的地方。我的祖上出过四个进士,这里也是唐代诗人皇甫湜的故乡。但在我小时候,因为千岛湖形成后,所有的陆路都被隔断了,小镇只有一天两班的船与县城及周边乡镇发生联系。现在回想起来,它特别像那个由波涛汹涌的太平洋与巍峨的青藏高原所隔绝的人世——也是汉语发生地的模型,或者像地球,这浩瀚太空深处的一叶扁舟,并终于由一粒微尘道出了,这宇宙从来的饱满、富足与丰盈。我曾在一年多前的一首诗中写道:"东方文明的阴性／或内向气质／是由巍峨的青藏高原／与波涛汹涌／而辽阔无垠的太平洋／在亿万年间／所共同塑造的,／这为山与水所隔绝的,／一个如此狭小／与封闭的空间,／这玄牝／——这万物得以不断化育、／繁衍／而生生不息／之源泉!"(《玄牝》)

我对江南确实有一个重新审视与认识的过程,而与之相伴随的是对自我、对汉语、对东方文明、对那个伟大传统的重新认识的过程,直到我终于发现,"江南不仅仅是盛产靡靡之音／而醉生梦死的奢靡之乡／，它更是那孜孜于日常生活中的神性的／温柔敦厚之地"（《温柔敦厚之地》）。现在回过头来看，我对传统的重新认识，或者说传统在我体内的苏醒也不是始于不惑之年，它应有更深的所自。只是直到不惑，我才惊诧于它从那幽暗之深处的缓缓浮现。

张慧君：您在《江南》一诗中写道："江南是我的福分"。能展开谈谈江南作为一种福分带给您的特殊馈赠，以及您是如何回馈的吗？

泉　子：这首诗大约完成于十年前，只有两行："江南是我的福分，是一种属于北人的，如此浓烈的思，／终于获得了西子湖畔柳枝之柔弱与至善的一瞬。"在这里，江南同样可以置换为汉语、东方等。它是我立足并去眺望这个人世或宇宙，也是俯视与理解那个更深处的自己的支点或凭借。江南、汉语、东方在总体上呈现出了一种阴性或内向气质，但就像我们前面谈到的阴阳相生与阴阳相成，它们各自的显现又是以对方的存在为前提的。就像我在青年时代更愿意以"北人"自居，那个族谱上的始祖两千多年前的定居地，古凉州（今甘肃）安定郡，以及这个阶段来自西学更多的启发与滋养。在不惑之后，我才得以完成一次对江南、对汉语、对那个更深处的自己的辨认。但我并不会视我的青年与中年为割裂的两部分，而是在世代相续中共同构筑出那个通往最初的自己的、永无止境的通道，就像佛曾作为我们的西方，而希伯来文明作为古希腊文明的东方一样。

张慧君：您在《宋画》一诗中写道："我们在宋画面前垂下了头，/是我们向古人以笔墨线条勾勒与浮现的一颗如此寂静的心的致意，/是我们又一次震惊于，这道的庄严与静穆。"您还在诗作中谈及郭熙的画、倪瓒的画、黄宾虹的画等。中国画的视觉语言和人文价值给您写诗带来了何种启发？

泉　子：事实上汉语的面容不仅仅是通过诗词等文学作品得以浮出的，它同样通过山水画，通过书法作品得以显现。而陶渊明之所以成为陶渊明，李白、杜甫之所以成为李白、杜甫，王维之所以成为王维，苏东坡之所以成为苏东坡，同样是王羲之之所以成为王羲之，颜真卿之所以成为颜真卿，以及倪瓒之所以成为倪瓒，黄宾虹之所以成为黄宾虹的秘密。这些年，我从绘画、书法等视觉艺术中获得许多滋养与启发，而我的诗歌在艺术圈的知音也并不比诗歌界少，都再一次印证了，诗歌、书法、艺术都在回应我们那颗共有的心。

张慧君：您的创作兼及现代性与古典精神。您能说说生命中对您影响最深的文学家、思想家与宗教家吗？哪些伟人巨擘、文人大家构成了您的精神家谱？

泉　子：我的两首诗歌中罗列的人物大抵勾勒出了我的精神家谱。

"波澜壮阔的二十世纪，不过三五知己。／譬如里尔克、叶芝，／譬如曼德尔施塔姆、米沃什。／如果没有他们，／或许我就能更好地理解时间是线性的，／它一去，便永不再回头。"（《时间》）

"江南之所以成为江南，／是因王羲之、谢灵运，／是因白居易、苏东坡，／是因黄公望、倪云林，／是因董其昌，因四王、四僧，／因黄宾虹，／因朱熹与王阳明，／因你的毅然决然，／以及那孤绝中的／一往情深。"（《江南之所以成为江南》）

或许这个谱系还应加上四书五经、《道德经》《金刚经》《心经》《圣经》《古兰经》那些具名或隐匿的作者。

张慧君：您在《一首诗的完成》一诗中写道："一首诗的完成是一个诗人不断地克服来自语言，／来自'色、声、香、味、触、法'的诱惑，／而终于成为他自己时的喜悦与艰难。"在《命运》一诗中，您写道："这何曾不是你毅然决然／并终于成为自己时，／那必须独自去认领的命运！"在《礼物》一诗中，您写道："生命中那些不为你所乐见的／依然作为一份礼物，／是你终于成为你，／一首诗终于成为一首诗的／那些伟大的缘起。"在您眼中,"成为自己"意味着什么呢?一首诗又何以成为一首诗呢?

泉　子:"成为自己"的意义如此重大——那个更好或最初的自己。这里同样有着一首诗之所以成为一首诗、这人世之所以成为这人世的秘密。那个最初的自己是道、是真理、是神、是空无,也是万物那颗共有的心。就像古希腊神庙门楣上的箴言"认识你自己"以及尼采说出的"去成为你自己"。在我的一首近作中,我也再一次写到了那个最初的自己。"这座三十年前为你所初见／而又一直熟视无睹的山,／突然间让你泪流满面,／并非物是人非,／抑或青山不老,／而是你知道,／你知道了／一个人去寻找,／去倾听,／并去成为那个最初的自己／是多么艰难!"(《紫阳山》)

张慧君:您期待什么样的读者?您在写作过程中会在心目中想象理想读者吗?

泉　子:最好的写作状态都是心无旁骛与物我两忘的。"知音是千山之外,／或是千年之后的／那不断醒来的自己。"(《知音》)"知音带来的温暖,／是你确信／你在人世并不孤单,／即使你们互为／一种极少,／即使你们相隔无数的世纪。"(《知音带来的温暖》)我期待的读者就像生命中那些最美好的相遇,是在各自去成为那个更好的自己的过程中的一种相互的辨认。我愿意为这样的美好而去忍受那空无一人的旷野的孤独，我愿意去等待这样沁人心脾的瞬间，哪怕彼此相隔无数的世纪。事实上，我也并不悲观，就像我在《满天繁星》中表达的那样："与你同时代的知音不会太多。/（虽然已不少，/你觉得）/而他们又与你未来，/以及往昔的读者一道/从幽暗之至深处浮出，/为——/你此刻头顶的/满天繁星。"

张慧君：接下来，您将出版两部新诗集《杭州书》与《圆月与枯荷》。可以分享给读者吗？《圆月与枯荷》与您之前的诗集相比有哪些承继和发展，又有哪些新的探索和变化？

泉　子：《杭州书》是我2012年以来江南山水诗的合集，可能不仅仅止于江南，也不仅仅止于山水，而是你前面描述的，"箴言风格的、简洁深远的、采用枯墨般笔触的言道之短诗"。非常感谢诗人古冈的厚爱与鼓励，《杭州书》将由华东师大出版社出版。就像我在这部书稿的题记中所阐述的，"这是一座城市的传记，/是一个诗人的成长史，/也是江南之所以成为江南/汉语之所以成为汉语/其更深处的秘密"。

《圆月与枯荷》是我近三年作品的一个合集，将在长江文艺出版社出版。它是我在不惑之年前后完成的一次重要蜕变的延续。"我们这一代，包括我们之后几代诗人能不能通过对西方言说方式的借鉴来说出一种属于东方人对这世界的最精微的理解，将决定汉语的未来。"它同样是我在我的第二个本命年，即我的诗歌元年获得的"诗歌不仅仅是分行的文字，而是我们对身体深处那个更深处的声音的倾听、辨认与追随，并在语言中的呈现"的感悟之上的最新的成长与蜕变。这部诗集还收录了一些记游诗，它也揭示或回应了我与这块土地发生的一种更深入的关联。就像在我们初遇的温州泰顺，我写下的"库村带给你的震撼／与深深的感动，／不仅仅是一门十八进士，／还是一个山水的世外桃源，／一个古典中国社会／微小而依然完好的模型，／以及那个伟大江南／或汉语，／在这里展露的／勃勃生机"（《山水的世外桃源》）。

张慧君：您对年轻的诗人有什么想说的话？关于"为艺术"与"为人生"，您有什么谆告、鞭策或建议？

泉 子："为艺术"与"为人生"并不矛盾，就像形式与内容、肉体与精神，它们作为一体之两面，又作为阴阳互生与阴阳互成的关系之一种。但我还是想强调，诗与艺术的一种阴性或向内的气质，以及诗或艺术背后的那个人、那颗心，即我们是一个怎样的人，我们有一颗怎样的心，我们有怎样的境界，我们才能看见并说出一个怎样的人世。而这里同样有着"人与诗俱老、人与画俱老"更深处的秘密。

张慧君：青年诗人，译者，北京大学医学博士。著有诗集《命如珍珠》；译著有《宁静时光的小船：简·肯庸诗全集》《幸福的16种大脑类型》，并译有露易丝·博根、艾德里安娜·里奇等诗人的作品。

图书在版编目（CIP）数据

圆月与枯荷 / 泉子著. -- 武汉：长江文艺出版社, 2025. 1. -- ISBN 978-7-5702-3823-1

Ⅰ. I227

中国国家版本馆CIP数据核字第2024B9P724号

圆月与枯荷
YUANYUE YU KUHE

书名题字：张 浩	
责任编辑：王成晨	责任校对：程华清
封面设计：李 勇 董雨萱	责任印制：邱 莉 王光兴

出版：长江出版传媒 长江文艺出版社
地址：武汉市雄楚大街268号　　邮编：430070
发行：长江文艺出版社
http://www.cjlap.com
印刷：湖北恒泰印务有限公司

开本：787毫米×1092毫米　　1/32　　印张：10.125
版次：2025年1月第1版　　　　　　2025年1月第1次印刷
行数：5309行

定价：58.00元

版权所有，盗版必究（举报电话：027—87679308　87679310）
（图书出现印装问题，本社负责调换）